Meinen Freunden in England,
besonders aber Dorothy

Eva Lubinger

Gespenster in Sir Edwards Haus

Zeichnungen von Winnie Jakob

Wort und Welt Verlag Innsbruck

Reihe »Humor in der Tasche«, Band 8

Copyright © by Wort und Welt
Buchverlagsges. m. b. H. & Co. KG., Innsbruck
ISBN 3 85373 015 9
Alle Rechte, auch die des auszugsweisen Nachdrucks,
der fotomechanischen Wiedergabe und der Übersetzung,
vorbehalten
Gesamtherstellung: Welsermühl, Wels
Printed in Austria 1975

England, England ...

Im Licht der tiefstehenden Spätnachmittagssonne fuhr das Taxi über die weitgeschwungene Auffahrt und hielt vor der Tür des Hauses. Während Stasi ausstieg, die Koffer entgegennahm, die ihr der Taxifahrer reichte, ihre Börse suchte und zahlte, nahm sie flüchtig und undeutlich den Silberglanz wahr, der wie ein metallener Schild, ein flirrendes windbewegtes Funkeln grünsilberner Flügel von dem Hang niederschlug.

Es hatte geregnet, als sie die letzten zwölf Meilen über die kleine Zubringerstraße gefahren waren, die nach Silverdale führte. Jetzt war die Sonne durch die Wolken gebrochen, der Wind schüttelte Wassertropfen aus den Baumkronen, und der Hang, bedeckt mit unzähligen wilden Rhododendronbüschen, leuchtete in unsäglichem Glanz.

Stasi warf noch einen Blick auf das metallene Grün, dann zog sie die Hausglocke und wartete klopfenden Herzens. Sie sah nicht, wie ein großer Hund vom Garten her auf sie losstürmte. Er hatte ein schmiedeeisernes Tor aufgestoßen, das nun in seinen Angeln schwang und zitterte, und sauste geradewegs auf das Mädchen zu.

Unter rauhem Gebell sprang er hoch in die Luft, sprang und wischte mit großen, erdigen Pfoten über den neuen Reisemantel, wobei er an den Aufschlägen begann und dann abwärtsrutschend zwei Knöpfe aus- und die Strümpfe einriß. Er sprang von neuem, und in gekonnter, offenbar wohlgeübter Manier leckte er mit einem Zungenschlag über Stasis Gesicht, einen warmen Dunst von Kutteln und Erde hinterlassend.

Während das arme Mädchen noch versuchte, sich vor den ständig erneuerten Attacken des Zotteltieres zu schützen, öffnete sich die Tür, und Stasi, von dem springenden Hund immer wieder der Sicht beraubt, hörte eine gepflegte Stimme mit leicht klagendem Unterton rufen: »Du lieber Himmel – wen frißt Timothy denn da schon wieder! Nein, dieses arme Geschöpf, ich meine nicht den Hund, und er hat auch noch seine Gartenpfoten, bei dem ewigen Regen sind die Beete ja immer erdig und naß. Kommen Sie doch herein, wer immer Sie sind ... Nannie, ich flehe Sie an, nehmen Sie schnell diesen gottverlassenen Hund und waschen Sie seine Pfoten!«

Das alles vernahm Stasi nur am Rande, denn jener mit Timothy angeredete Hund, der offenbar ahnte, daß sein Opfer ihm bald entrissen werden sollte, hatte zu einem kühnen Endspurt angesetzt und leckte Stasi, die Vorderpfoten von den Dimensionen junger Löwenpranken auf ihre Schultern gestemmt, zügig und lustbetont das Gesicht. Dann war der Spuk mit einem Mal vorbei, Stasi sah durch einen Schleier aus Hundespeichel und Benommenheit, wie eine dürre mürrische Person älteren Datums den Hund am Halsband wegzerrte und mit ihm hinter einer Tür verschwand.

»Kommen Sie – kommen Sie, ich hoffe, Sie haben sich nicht erschreckt, es ist ein vollkommen harmloser Hund, im Grunde nämlich ein sehr zärtliches und liebebedürftiges Tier, wir konnten ihm nur nie diese unselige Sitte des An-den-Leuten-Hochspringens abgewöhnen, das heißt, wir wollten es im Grunde auch nicht, es ist doch ein so schöner, kraftvoller und spontaner Ausdruck der Lebensfreude, nicht wahr? Das Verbot zu springen hätte etwas sehr Wesentliches in Timothy zerstört, seinen Elan vital gebrochen, meinen Sie nicht auch?«

Die gepflegte Stimme gehörte einer ebensolchen Dame unbestimmbaren Alters, stellte Stasi, nun in der Vorhalle stehend, fest. Sie schwieg zu den Ausführungen der Dame, denn es hätte sich vielleicht nicht gut gemacht, wenn sie gesagt hätte, daß ihre eigene Lebensfreude und auch ihr Elan vital durch die vom Hund Timothy demonstrierte Entfaltung jener Vorzüge sehr gelitten hatten.

Statt dessen versuchte sie nun in ihrem besten Englisch zu erklären, warum sie, das neue Au-pair-Mädchen aus Österreich, schon heute und nicht erst übermorgen, wie man vereinbart hatte, in Silverdale eingetroffen sei. Die Dame lächelte und streckte ihr die gepflegte Hand entgegen:

»Ich bin Lady LeSargent und freue mich, daß Sie nun für ein halbes Jahr bei uns bleiben wollen! Hoffentlich fühlen Sie sich wohl in diesem Haus, manches ist ein bißchen absonderlich, aber es gibt Äquivalente für die Schattenseiten. Wußten Sie, daß wir einen berühmt schönen Park haben? Zu Pfingsten wird er drei Tage lang für Besucher geöffnet, der Erlös der Eintrittskarten geht zu gleichen Teilen an die Königliche Gesellschaft zur Verhütung von Grausamkeit an Kindern und die Königliche Schwestergesellschaft zur Verhütung von Grausamkeit an Tieren. Aber ich sollte Sie jetzt nicht aufhalten, Sie wollen sicher Ihren beschmutzten Mantel ausziehen und Ihre Hände waschen.«

Stasi wollte das in der Tat, aber es kam noch lange nicht dazu. Lady LeSargent, im Hause stets Lady Gwendolyn genannt, wurde abgelenkt von einer sich lange und gleichmäßig am moosgrünen Spannteppich hinwindenden braungrauen Fellwurst, einer raupenähnlichen Erscheinung, die allerdings vier im Ansatz vorhandene

Beine besaß und sich auf diesen nun der Herrin zubewegte. Stasi ging in Abwehrstellung, aber dieser Hund, um einen solchen handelte es sich doch offenbar, war von ruhigerer Gemütsart und hätte ohnedies auch bei stärkster Aggressivität nur Stasis Knie erreichen können.

»Ja, das ist Jonathan. Er ist ein Dandy-Dinmont-Terrier und lange nicht so temperamentvoll wie Timothy, der Gute. Timothy ist natürlich ein Airedale-Terrier, wie Sie sicher schon erkannt haben, er ist etwas zu groß geraten, obwohl er einen wundervollen Stammbaum besitzt, mit einer Reihe von internationalen Champions, aber er hat als Welpe zu viele Vitamine bekommen. Seine Mutter hingegen, eine traumhaft schöne Hündin ...«

Stasi, die niedergeblickt hatte, um höfliches Interesse für den Hund Nummer zwei zu zeigen, gewahrte neben der Dandy-Dinmont-Fellwurst ein schmales Wasserrinnsal, das von der geschwungenen Treppe herkam, nach Art kleiner, aus der Heimat vertrauter Gebirgsbäche munter von Stufe zu Stufe fallend. Sie wollte eben den Mund öffnen, um die Dame des Hauses bescheiden auf diesen, für einen Innenraum ungewöhnlichen Wasserarm hinzuweisen, als ein Geschoß sie am Kopf traf und ihre Mütze verschob.

Zwischen den Stäben des Geländers im ersten Stock sah das vor Bosheit sprühende Gesicht eines minderjährigen Wassermannes herunter und ließ nun ein höhnisches Triumphgelächter vom Stapel.

»Mein armes Kind, was hat man Ihnen nun schon wieder getan! O Julian, wie kannst du nur! Was für ein schrecklicher Einstand für unsere neue Hausgenossin, was muß sie von uns denken!« Und sich selbst unterbrechend, fuhr Lady Gwendolyn zwei Tonlagen höher fort: »Um Gottes willen, woher kommt denn all dieses Wasser? Ich dachte doch gleich, daß es keine gute Idee war, den teuren Hochland-Tartan als Stiegenteppich zu verlegen. Nannie, Nannie, kommen Sie doch gleich!«

Jenes offenbar in allen Krisensituationen angerufene Wesen mit dem mürrischen und hageren Gesicht erschien umgehend und betrachtete die Bescherung ohne Wimpernzucken. Das Triumphgeheul von oben ging unterdessen weiter: »Gewonnen – gewonnen! Nelson gewinnt immer! Englands größte Seeschlacht!«

»Er spielt wieder Trafalgar, Madam«, sagte Nannie erklärend zu ihrer Herrin, die in sprachlosem Erstaunen dastand. Dann rief sie barsch in den ersten Stock hinauf, wo eben das wassermannartige Geschöpf den Rückzug antrat: »Dreh den Hahn in der Badewanne ab und verstopfe nächstes Mal nicht die Abflußlöcher mit Handtüchern!«

Lady Gwendolyn hatte sich wieder gefaßt und lächelte verbindlich: »Sie müssen völlig erschöpft sein, meine Liebe, und möchten sicher eine Tasse Tee. Tee ist das einzige, was einen in allen verworrenen Lebenslagen rettet, finden Sie nicht?«

Stasi fand es nicht, sie wußte noch nichts von den unendlichen Segnungen starken englischen Tees, der, in genügenden Mengen und regelmäßig genossen, einen das Leben erst so richtig auskosten läßt.

»Wissen Sie«, meinte Lady Gwendolyn wenig später, als sie ihr beim Tee gegenübersaß, »das Haus ist heute etwas verwirrt, wir alle sind es, offen gestanden. Das geht uns immer so, wenn der Geist da war. Man braucht eine Weile, um wieder völlig ins Gleichgewicht zu kommen. Und dann ist es ja auch ärgerlich und zeitraubend, die Unordnung zu beheben, die er meistens macht.«

Stasi, die eben mit Behagen und zum ersten Mal an diesem Tage nicht hungrig, ein zweites Blätterteigtörtchen begonnen hatte, schluckte schwer. Hörte sie recht? Es gab nicht nur vor Lebensfreude überquellende Hunde und einen absonderlichen Knaben, der Trafalgar spielte – in diesem Haus war auch noch ein Geist, und sein Elan vital schien in Ordnung zu sein.

»Nehmen Sie noch eine Tasse Tee?« fuhr Lady Gwendolyn fort und schenkte ihr wieder ein: »Ja, er ist etwas verwirrt, der Arme, und so inkonsequent, und in letzter Zeit scheint er immer konfuser zu werden.«

»Der Geist – meinen Sie?« warf Stasi benommen ein.

»Ja, der Geist, natürlich. Wir nennen ihn einfachheitshalber Ghostie. Die meisten Geister tun doch immer das gleiche zur selben Zeit, etwa der im Hause meiner Freundin, Mrs. Aberfieldie. Er kommt pünktlich einmal im Monat und stets um drei Uhr morgens, die Aberfieldies können ihre Uhren nach ihm richten, er öffnet alle Türen, so daß es schrecklich zieht, und weht als weißer Hauch aus dem Fenster des Ostgangs. Daher hat ja auch Mr. Aberfieldie, der Mann meiner Freundin, diese schreckliche chronische Bronchitis, die er nie ganz ausheilen kann. Sie wird in der vierten Woche stets etwas besser, aber dann ist der Geist fällig und mit ihm ein Rückfall ... Ja, wo bin ich stehengeblieben?«

Es dämmerte Stasi, daß Lady Gwendolyn von einer gewissen epischen Weitläufigkeit war, die sich mit einer zeitraubenden Form von Gedankenflucht verband.

»Ja, also Ghostie, unser Geist, kommt wann er will, und in letzter Zeit kam er sehr häufig. Er hat diesmal allen Zimt, den Nannie heute morgen für die *Ginger biscuits* nehmen wollte, verstreut, vornehmlich in die Pfeffermühle und auch in die Tafelpfefferdöschen. Ich weiß nicht, wollte er uns eine neue Art von Gewürz vorsetzen oder dachte er gar nichts dabei. Den Rest schüttete er übrigens in Sir Edwards Pfeifentabak, der dadurch ganz unbrauchbar geworden ist, und die ganze Pfeifen-Ginger-Mischung wieder über die frisch polierte Mahagoniplatte des Eßtisches. Ja, Ghostie ist oft etwas exzentrisch und strapaziös. Aber Sie sehen nun wirklich sehr angegriffen und müde aus, mein liebes Kind. Sie müssen gleich schlafen gehen. Ich habe Sie noch gar nicht gefragt, wie wir Sie nennen sollen, wie war doch Ihr Vorname?«

Stasi erklärte ein wenig befangen, daß sie Anastasia heiße und ihre Familie sie Stasi rufe.

»Stasi – was für ein reizender Name, ein wenig schwer auszusprechen für eine englische Zunge, aber ganz reizend!« Lady Gwendolyn lachte leicht, mit einem kleinen Unterton von Bosheit, und Stasi ging nun wirklich zu Bett.

Sie saß vor dem Spiegel ihres hübschen Gästezimmers mit dem blauen Spannteppich und den weißen Einbaumöbeln und haderte wieder einmal mit ihrem Namen. Sie verdankte ihn ihrer Mutter, einer Frau von etwas diffuser Sentimentalität und ebenso diffusem Denkvermögen, die vor der Geburt ihres Kindes gerade eine Phase heftiger und tränenreicher Verehrung für die unglückliche Zarentochter durchgemacht hatte.

Stasi seufzte und löste vor dem Spiegel ihre hochgesteckten Haare, die nun sanft gewellt und hell auf ihre Schultern fielen. Ihre blauen nachdenklichen Augen, in denen trotz der zwanzig Jahre noch sehr viel Kindlichkeit lag, eine unausgeschöpfte Dunkelheit, die der Erhellung durch das anbrechende Leben harrte, betrachteten lange und ernst das Spiegelgesicht vor ihr: die hübsche gerade Nase, die beiden braunen energischen Brauenbögen, die zu dem blonden Haar in einem reizvollen Gegensatz standen, die schmalen Wangen, in denen, wie in den Augen, noch kindliche Weichheit wohnte.

Noch einmal seufzte sie: es war ein langer Tag gewesen, ein Tag randvoll mit neuen Eindrücken. England.

Das Rattern des Zuges vibrierte noch in ihrem müden Körper, wieder sah sie die weiten Ebenen Frankreichs, pappelgesäumte Horizonte, Wasserkanäle, die weite grüne Felder durchschnitten, sie hörte das Nebelhorn der Kanalfähre und fühlte noch einmal die unerwartete Wärme der Sonne, die den Nebel gegen Ende der Überfahrt durchbrach, das blaue Wasser des Atlantiks in Silber auflöste und die weißen Klippen Dovers leuchten ließ wie Schwanengefieder.

Vor dem Spiegel sitzend, die Hand mit der Haarbürste untätig im Schoß, sah Stasi noch einmal die Apfelgärten Kents, deren Blütenknospen eben begonnen hatten aufzubrechen, sah mit Entzücken und zum ersten Mal im Leben die schimmernd grünen Regenwiesen, übersät mit den Tausenden jungen Lämmern dieses Frühlings, hineingestickt in das Grün wie Gänseblümchen, gewoben zu einem über die Maßen herzerwärmenden Teppich; sah die normannischen Türme der Dorfkirchen, und nahm damit die charakteristischen Elemente englischer Landschaft in sich auf, erfuhr zum ersten Mal undeutlich dieses Phänomen England, jene Insel, von der Shakespeare sagt, sie sei wie ein Silberjuwel, dem Meere aufgedrückt ...

Dann Victoria Station, Gesichter in allen Farben des Erdkreises, die Fahrt im Taxi nach Waterloo Station, und schließlich das letzte Stück der Reise, in den Süden nach Devon.

Das Fenster klirrte leicht unter einem jähen Windstoß, und Stasi schrak auf. Sie bürstete rasch und entschlossen ihre Haare und schlug dann die gehäkelte weiße Bettdecke auf: wie ein Briefkuvert, stellte sie fest, während sie mit einiger Schwierigkeit von oben zwischen die fest eingeschlagenen Leintücher mit den diversen dünnen Wolldecken kroch. Erschrocken zog sie gleich darauf die Füße wieder an, sie war auf etwas Heißes gestoßen. Entschlossen zog sie den flanellumwickelten Gegenstand ans Licht, er entpuppte sich als eine Wärmflasche, eine *hot-water bottle,* die bei dem feuchtkühlen Klima der Insel ein integrierender Bestandteil englischer Nächte ist, eine Füße und Seelen erwärmende Zutat des englischen Daseins, ein fester Punkt im beunruhigenden Fluß aller Dinge, und im hohen Norden Schottlands ein Garant des Überlebens.

Das alles wußte Stasi noch nicht, aber irgendwie fühlte sie sich getröstet und ein Stück mehr zu Hause in dem neuen und fremden Land und dem noch fremden Haus.

Bevor sie in festen Schlaf sank, streifte der Gedanke an den Geist ihr müdes Gehirn, und undeutlich fragte sie sich, ob es wohl eine gute Idee gewesen war, nach England zu fahren und hierher in dieses seltsame Gespensterdomizil.

Ein Haus im Rhododendrontal
oder: Waterloo und Heinrich der Achte

Aber der Morgen war kühl und leuchtend, eine warme Aprilsonne wanderte durch die schwanenweißen runden Wolken, die in rascher Folge über den blauen Himmel zogen, und es war völlig undenkbar, daß in irgendeinem Winkel des Hauses ein Gespenst nistete.

Mit der harfengleichen Gespanntheit der Erwartungen an das Leben, die ein Vorrecht ihrer zwanzig Jahre war, sprang Stasi aus dem Bett und war in einer Viertelstunde fertig angezogen. Es war acht Uhr und im Hause noch still. Langsam ging Stasi die geschwungene Treppe in die Eingangshalle hinunter. Aus dem Zimmer jenes wassermannartigen Knaben, der Julian hieß, tönten rauhe Gesänge, die sich zwischen Knäueln unverständlicher Laute in wiederkehrenden Rhythmen zu »*God save the Queen*« verdichteten. Das unsympathische Kind hatte offenbar seinen patriotischen Morgen, und die Schulen Englands begannen leider erst um neun Uhr.

Stasi, die nun langsam und unschlüssig durch die Halle ging, wußte noch nicht, daß die erhebende Hymne Großbritanniens sie von nun an in dieser unzulänglichen Darbietung durch ihre englischen Tage begleiten würde. Ja, sie sollte mit jedem Tag mehr die *Queen* beneiden, die in sicherer Entfernung und geborgen hinter den Mauern des *Buckingham Palace* nichts von den Huldigungen dieses sommersprossigen minderjährigen Untertanen wußte.

Jetzt aber ging Stasi einem verlockenden Duft nach, der, von gebratenem Speck herrührend, aus dem Küchentrakt kam. Sie hörte ein anheimelndes Brutzeln und öffnete die Küchentür. Da stand Nannie, die Helferin in Haushaltsnöten, und legte mit grimmigem Gesicht schmale lange Scheiben wohldurchwachsenen dänischen Frühstücksspecks in die Pfanne. Auf einem Raster über dem Herd ruhten in einem Toastständer eine stattliche Reihe fertiger bräunlicher Toaste, ein Teekessel summte, und an der Durchreiche zum Eßzimmer standen vier Gläser mit *Pineapple-Juice*. Das Frühstück schien unmittelbar bevorzustehen.

Mit freundlichem Lächeln und jener Herzlichkeit, die immer noch viele ihrer Landsleute auszeichnet, ging Stasi auf die Stütze des Haushalts zu: »Guten Morgen! Kann ich Ihnen etwas helfen?«

Die etwa fünfunddreißigjährige Frau mit den strähnigen braunen

Nannie

Haaren, in die sich schon etwas Grau mischte, wandte nicht einmal den Kopf. Sie brummte etwas Unverständliches und fuhr erbittert fort, Speckscheiben zu braten.

»Ich freue mich so, daß mein erster Morgen hier in Silverdale so sonnig und strahlend ist, man gewöhnt sich viel leichter an alles Neue, finden Sie nicht?«

Die Wellen von Stasis österreichischer Liebenswürdigkeit schlugen völlig vergebens an die schroffen Klippen britischer Insichgekehrtheit. Sie verstummte ratlos.

In die Stille hinein tönte das jähe Pfeifen des Teekessels, der eindringlich anzeigte, daß sein Wasser kochte und unverzüglich auf die wartenden Teeblätter gegossen werden mußte. Mit steinernem Gesicht nahm Nannie den Kessel und schüttete das Wasser mit einem kräftigen Strahl in die Kanne. Stasi war es vorher noch gelungen, einen Blick auf die Teeblätter zu werfen: sie füllten ein Viertel der Kanne, was Stasi sehr erstaunte. Erst später lernte sie, was für einen Engländer zum Abc des Lebens und Teekochens gehört, daß nämlich jeder Teetrinker einen gehäuften Löffel Tees benötigt und die Kanne extravaganterweise noch einen eigenen für sich selbst.

Sie wollte etwas fragen, aber da öffnete die große Schweigerin neben ihr doch noch den Mund und befahl ihr in barschen Worten, aus der Küche zu verschwinden, sie nicht bei der Arbeit zu stören und allenfalls am anderen Ende der Durchreiche, im Eßzimmer also, auf weitere Anweisungen zu warten. Ein wenig verwirrt durch die Kälte der Behandlung verließ Stasi die speckduftende Küche.

Das geräumige Eßzimmer war spärlich möbliert, durch die bis zum Boden reichenden Fenster eines vorgebauten Erkers flutete Sonnenlicht. Trotzdem war es nicht warm, und Stasi ging fröstelnd auf ein winziges Kaminfeuer, genauer: auf die elektrische Attrappe eines solchen zu, die in völlig unzulänglicher Weise den großen Raum zu erwärmen suchte. Sie hielt die Hände an die flackernde Illusion und drehte sich gleich darauf um, um ihren Rücken zu wärmen. Sie ahnte, was sie später noch oft erleben sollte, daß man sich nämlich an einem englischen Kaminfeuer nur dann zufriedenstellend und gleichmäßig erwärmen kann, wenn man in ständig rotierender Bewegung bleibt, ähnlich der eines Huhnes am Grillspieß. Ansonsten friert man hinten, wenn man vorne röstet. Mit dieser Tatsache, einer britischen Conditio humana sozusagen, haben sich in freudiger Asketsebereitschaft Generationen und Generationen von Engländern abgefunden. Erst in allerjüngster Zeit gaben neumodische

Kreise gewissen beklagenswerten Aufweichungstendenzen nach und liebäugelten mit kontinentalen Zentralheizungen, die im Grunde für das feuchtkalte Klima der Insel das einzig Wahre darstellen. Doch ist diese degenerierende kontinentale Sitte gottlob erst in städtischen Neubauten dabei, Boden zu gewinnen und bricht an den ehernen Mauern der alten und ehrwürdigen Häuser, an den wahren Bastionen des *British Home*.

Während also Stasi ihre ersten trüben Erfahrungen mit englischen Kaminen machte, betrat ein älterer Herr das Eßzimmer. Er sah aus wie die freundliche, Herz und Seele erwärmende Reklame einer Whisky-Marke, hatte ein leicht gerötetes Gesicht, weißes Haar und weiße Koteletten an den Wangen und trug einen hochbetagten Tweed-Anzug von braungrünlicher Farbe.

»Ah, Sie sind die junge Österreicherin, die es eine Weile mit uns aushalten will!« sagte er und kam mit ausgestreckter Hand auf Stasi zu: »Willkommen auf Silverdale! Ich hoffe, Sie fühlen sich wohl bei uns, und man wird Sie nicht zu viel einspannen, damit Sie Zeit haben, sich umzusehen. Es ist eine nette Gegend.« Er senkte die Stimme etwas: »Lassen Sie sich nicht ins Bockshorn jagen«, sein Blick glitt zur Durchreiche, wo Nannie eben die Spiegeleier hereinschob, und dann weiter zur Tür, die sich jetzt öffnete.

»Und wenn Sie vom Haus genug haben, gehen Sie in den Park«, sagte er noch schnell, dann trat seine Frau ein, und Sir Edward, der Hausherr, nahm seinen Juice von der Anrichte und setzte sich schweigend auf seinen Platz.

»Guten Morgen, meine Liebe«, sagte Madam mit engelgleichem Lächeln, während hinter ihr der rothaarige Julian ins Zimmer stolperte. Stasi registrierte undeutlich, daß seine Socken in schlampigen Falten von den weißen dicklichen Waden hingen. In der Tat ein unschönes Kind.

»Sie werden immer mit uns frühstücken«, fuhr Lady Gwendolyn fort, »ebenso werden Sie den Lunch und den Tee mit uns gemeinsam einnehmen. Zum Supper sind Sie mit Nannie in der Küche, Julian geht früher zu Bett, und Sir Edward und ich halten unser Dinner immer zu zweit.«

Stasi nahm die Hausordnung zur Kenntnis. Später merkte sie, daß die einsamen Abendessen der beiden Schauplatz und Kampfstätte vielgestaltiger Eheschармützel von wechselnder Stärke waren und man keine Zeugen oder Parteigenossen wünschte.

Madam ließ sich mit der Miene einer regierenden Fürstin am Tisch nieder und trank ihren Juice, während sie einen prüfenden und zähmenden Blick auf ihren in sich gekehrten Gatten warf, von dem die vorher gezeigte muntere Herzlichkeit abgefallen zu sein schien.

Stasi vertiefte sich freudig in das ungewohnte Speck-und-Eier-Gericht und schrak auf, als ein heftiger Posaunenton ihr Ohr traf. Ihr gegenüber saß der Knabe Julian und blies mit Hingabe in sein schmutziges Taschentuch.

»O Julian, abscheuliches Kind, geh hinaus und erledige das draußen!« sagte Madam mit angewidertem und leidendem Gesicht. Der junge Wassermann erhob sich willig und setzte sein appetitstörendes Geschneuze mit großer Heftigkeit und akustischer Schärfe unmittelbar hinter der Tür fort.

»Du solltest Julian zu einem Facharzt nehmen, meine Liebe«, sagte Sir Edward zu seiner Gattin, während er das Juiceglas wegschob und den Teller mit Spiegelei und dänischem Bratspeck nahm: »Es vergeht kaum eine Mahlzeit, die er nicht durch seine Schneuzexzesse stört!«

Lady Gwendolyn legte Messer und Gabel nieder und warf einen langen Blick auf ihren Gatten, der sich nun ganz dem Ei zugewandt hatte.

»Du weißt, wieviel ich zu tun habe, und wie schlecht mein Herz in letzter Zeit wieder war. Niemand sagt mir, ich solle meinen Herzspezialisten in London aufsuchen, wofür es schon längst wieder an der Zeit wäre, aber die lächerlichen Unpäßlichkeiten dieses Jungen scheinen dich sehr zu beunruhigen.«

»Niemand hält dich davon ab, nach London zu fahren«, murmelte Sir Edward, »ich halte das sogar für eine gute Idee, eine sehr gute Idee.«

»Im übrigen kann ich dir sagen, woher Julian seinen Schnupfen bezieht«, fuhr Lady Gwendolyn fort, ohne seinen Einwurf zu beachten: »Er plätschert zuviel in der Badewanne bei seinen blödsinnigen Trafalgar-Schlachten. Dann läuft er mit nassen Ärmeln in die Kälte, und der Rest ergibt sich. Vielleicht könntest du deine Vaterpflicht einmal dahingehend erfüllen, daß du den Jungen von einer See- auf eine Landschlacht umschulst, die englische Geschichte böte eine Menge Möglichkeiten dafür an.« Ihre Stimme hatte einen gefährlichen maliziösen Unterton angenommen, und Sir Edward legte nun auch das Besteck nieder und blickte seine Gattin an. Stasi hatte das unangenehme Gefühl, als würden vor ihren Augen unsichtbare Klingen gekreuzt. Doch dann nahm Sir Edward das Besteck wieder auf, es geschah automatisch, so, als folge er einer lang eingeübten Handlungsweise, und Lady Gwendolyn lachte ein etwas zu heiteres kleines Lachen.

»Sehen Sie, liebe Stasi«, sagte sie, zu dem Mädchen gewandt, »das sind immer noch die Nachwehen des Gespenstes. Es macht uns alle auf Tage hinaus nervös. Aber es hat nichts zu bedeuten. Es hat nie etwas zu bedeuten«, setzte sie lässig hinzu, und der letzte Satz ging nicht an Stasis Adresse.

»Unsinn«, fuhr Sir Edward auf, »verschone doch das Mädchen mit diesem Unsinn! Ich habe Ghostie, wie ihr ihn zu nennen beliebt, noch nie gesehen, und was die blödsinnigen Streiche betrifft, die er angeblich anrichtet, so sind die Bewohner dieses Hauses konfus genug, um diese Dinge selbst zu tun.«

Lady Gwendolyn lehnte sich langsam in ihrem Sessel zurück und spielte mit ihrer Damastserviette: »Du machst dich nur lächerlich, Edward, wenn du eine Erscheinung ablehnst und leugnest, die von Generationen der Familie eindeutig erkannt und akzeptiert, ja gewissermaßen geschätzt worden ist. Außerdem vergißt du, daß Ghostie mit allen seinen Geistergewohnheiten im Geisterbuch von Devon aufscheint. Er ist also kein Hirngespinst, keine Ausgeburt weiblicher Hysterie, wie du mir liebenswürdigerweise vor unserm Gast unterstellen willst, er geistert nicht unbefugt und lizenzlos, sondern sozusagen mit amtlicher Bewilligung.«

Stasis Augen waren bei dieser über ihren Kopf hin- und herfliegenden Konversation vor Staunen weit geöffnet. Nach all dem hätte es sie nun nicht mehr gewundert, wenn der Geist von Silverdale auch regelmäßig Steuern an Ihrer Majestät Regierung abgeführt hätte.

In diesem Augenblick kehrte Julian ins Zimmer zurück, und mit ihm kam der Airedale Timothy herein. Er hatte seinen morgendlichen Gartenspaziergang hinter sich und hockte sich nun fordernd und erwartungsvoll vor seinem Herrn nieder, weil er sein tägliches Butterbrot wollte. Um seiner Hoffnung mehr Nachdruck zu verleihen, legte er eine schwere erdige Pfote auf Sir Edwards tweedbedecktes Knie.

»Ach, Timothy, mußt du immer mit nassen erdigen Pfoten über den hellen Spannteppich gehen! Warum hat denn niemand seine Pfoten abgewischt, in diesem Haus muß man doch alles selbst tun!« sagte Lady Gwendolyn klagend.

Weder Herr noch Hund achteten sonderlich auf die Lamenti der Hausfrau. Sir Edward strich liebevoll Butter auf ein Brot, das er in kleine Stücke teilte, und Timothy klappte sein großes, mit gefährlichen Zähnen reichlich bestücktes Maul weit auf und fraß mit großer Genugtuung die ihm gegebenen Happen.

Unerkannt, weil knapp über dem Boden, war auch Jonathan, der Dandy-Dinmont-Terrier, hereingekommen, er schlängelte sich still und manierlich bis zu Lady Gwendolyns Sessel vor und machte dort, unbeweglich wie ein Reiterstandbild, Männchen, wobei er die tadellos sauberen kleinen Pfoten vor seiner Brust niederbaumeln ließ.

»Das ist ein guter Hund, ein braver Hund«, flötete Madam und gab ihm einen Speckknorpel. Jonathans braune ausdrucksvolle Augen erhielten einen Schimmer feuchter Verklärtheit. Er sonnte sich vor Timothys dunklem Hintergrund sichtbar in seiner eigenen Tugend.

»Entschuldige mich, meine Liebe«, sagte Sir Edward und stand rasch auf, »ich muß in den Garten und Muffett in Trab bringen. Die Rasenhänge an der Südböschung müssen gejätet werden, sie sehen schon fast wie eine Wiese aus, und wenn Muffett nichts zu tun bekommt, fängt er schon am Morgen an zu trinken.« Er neigte den Kopf kurz gegen Stasi und verließ mit jugendlich raschen Schritten das Zimmer.

»Kommen Sie, Stasi«, sagte Madam und erhob sich gleichfalls, »ich muß Sie nun mit Nannie bekannt machen. Ja, ich weiß, Sie haben schon mit ihr gesprochen, aber Sie sind ihr noch nicht richtig vorgestellt worden. Sie ist ein bißchen schwierig, aber unerhört tüchtig, ich wüßte nicht, was ich ohne Nannie machen würde bei all der vielen Arbeit, die es in diesem Hause gibt – und mit meinem schwachen Herzen.«

Stasi fragte sich, während sie nun den Küchengang hinuntergingen, welcher Art wohl Lady Gwendolyns mehrfach angedeutetes Herzleiden sei. Sie war wohl nicht wirklich krank, denn ihr Aussehen war blühend und gesund, und bei aller englischen Schlankheit sah sie doch recht robust und kräftig aus.

»Nannie ist seit vielen Jahren bei uns«, fuhr Lady Gwendolyn fort, »sie hat schon die beiden älteren Kinder aufgezogen, daher nennen wir sie immer noch *Nannie,* das ist der englische Name für jedes Kindermädchen, müssen Sie wissen, Henry mochte sie sehr, und Bridget, das ist meine sechzehnjährige Tochter, die das Jahr über im Internat ist und erst in den Sommerferien heimkommt – Bridget schreibt ihr mehr Briefe als mir.«

Damit hatten sie die Küche erreicht, und Madam schaltete fast hörbar auf eine Stufe überströmender Güte und Freundlichkeit: »Nannie, Liebste, das ist Stasi, eine reizende junge Österreicherin, die für ein halbes Jahr bei uns bleiben wird und sicher eine große Hilfe für Sie bedeutet. Ihre Nerven werden sich bessern, wenn Sie nicht mehr jede Kleinigkeit selbst tun müssen!«

Nannie nahm die Ankündigung ihrer Herrin mit steinernem und verkniffenem Gesicht zur Kenntnis und maß Stasi mit skeptischen Blicken.

»Ich denke, sie soll das Tischdecken zum Lunch und für den Tee übernehmen, dann kann sie auch noch mein Schlafzimmer und Sir Edwards Arbeitszimmer abstauben, das hat die arme Mrs. Muffett doch nie so richtig gekonnt, ja, und die Kapaune kann sie füttern, nicht wahr, Nannie, das wäre doch eine gute Idee?« Madams Stimme klang wie eine Schalmei.

Nannie stellte ohne viele Worte, aber mit Nachdruck einen Kübel voll körnigem Futtergemisch vor Stasis Füße; sie schien also zumindest mit diesem Teil der Vorschläge einverstanden.

»Nannie ist manchmal ein wenig wortkarg«, sagte Lady Gwendolyn mit scherzhafter Munterkeit, um die peinliche Stille zu überbrücken, »sie stammt aus Cornwall, einer der herrlichsten Landschaften Englands, und die Menschen dort sind ernst, nicht wahr, Nannie?«

Stasi blickte Nannie an: die Haut spannte sich knapp und ohne liebliche Rundungen über die Backenknochen und fiel über die Hohlwangen zum Mund hin ab. Dieses Gesicht ähnelte den kahlen herben Hügeln Cornwalls, über die beständig ein rauher Wind bläst. Stasi lächelte ihr zu, schenkte ihr jenes jugendlich frohe Lächeln voll Herzlichkeit, das in den kommenden Wochen allmählich Nannies Eisring auftauen und ihre verborgene Güte erwachen lassen sollte, dann nahm sie den Futterkübel und verließ mit Lady Gwendolyn die Küche. Bevor sie noch durch den Hintereingang, der in den Wirtschaftsgarten führte, das Haus verließ, flüsterte ihr Madam im Verschwörerton zu:

»Es ist nicht immer so arg mit Nannie, nur wenn eine Verlobung geplatzt ist. Ja, die erste Zeit nach einer Entlobung ist immer recht schwierig, aber das gibt sich. Diesmal war es ein Polizist aus dem Dorf.« Sie seufzte: »Arme Nannie, es ist immer das gleiche. Zuerst geht alles gut. Aber dann bekommt jeder Angst, weil sie zum Heiraten einfach nicht geschaffen ist. Sie tut mir ja so leid!« Mit diesen sanften Worten entschwebte sie, und Stasi fühlte, daß Nannie Lady Gwendolyn ganz und gar nicht leid tat.

Sie verharrte in einem Augenblick der Nachdenklichkeit, und dann tat sie die ersten paar Schritte in den Garten von Silverdale und wußte nicht, daß es Schritte in eine neue Welt und ein neues Leben waren. Ein leichter Wind hob ihr helles Haar, die Sonne stand leuchtend zwischen den schwanenfiedrigen Wolken, und während sie nun über den kurzgeschorenen samtgrünen Rasen schritt, tauchten um die Apfelbäume herum, in großen Horsten, immer neue Arten von Narzissen auf. Gold und orange und schneeweiß strahlten sie in der Sonne und begingen das Fest des englischen Frühlings, das viele Wochen lang währt, denn der kühle Wind und der belebende Regen erhalten die Narzissen frisch und anmutig.

Und dann kam Stasi zu einer kleinen Allee japanischer Kirschbäume: ihre Knospen waren halb geschlossen, aber schon zeichneten die schwingenden Zweige die rosa Farbe der Kirschblüten in den blauen Himmel. Mit jedem Tag würde diese Spur nun dunkler und süßer werden, ein zartes Rot, das mit nichts zu vergleichen war.

In diesem Augenblick wußte Stasi, daß der Weg zu den Kapaunen für sie immer der Höhepunkt des Tages sein würde und die liebste Arbeit von allen, sofern man diesen Jubelgang eine Arbeit nennen konnte. Sie ging durch eine immergrüne, sauber geschnittene Hecke, die das Hühnerhaus vom Park abschloß, und da stritten, schrien und kreischten die etwa zwanzig Kapaune hinter ihrem Drahtgitter. Sie stürzten sich mit mordlustig aufgerissenen Schnäbeln an die Gittermaschen, sobald sie Stasis ansichtig wurden und waren offenbar erleichtert, daß ihre Wut nun ein Angriffsobjekt fand.

Stasi hatte nicht das Herz, die Gittertür zu öffnen. Diese unseligen Gestalten sahen zu bedrohlich aus. Also leerte sie, ratlos zuerst und dann mit jedem Tag gelassener, den Futterkübel über den Zaun, so daß sein Inhalt sich auf den Boden, den Rücken und die Köpfe der kreischenden Kapaune ergoß. Vielleicht stimmt das Futter sie sanfter, dachte sie. Aber die Vögel entdeckten darin nur neuen Anlaß zur Frustration und machten die wütendsten Verrenkungen, um das Futter aus den Federn zu schütteln und es dann möglichst vor dem Schnabel des Nachbarn wegzuschnappen.

Stasi sah dem betrüblichen Treiben eine Weile konsterniert zu und machte sich dann leichten Herzens auf den Rückweg. Sie würde dieses Getier gewiß nicht ins Herz schließen, Kapaun sein war offenbar auch keine Lösung.

Langsam ging sie den Weg zurück, nahm mit Augen, die nie müde wurden, die Schönheit zu erfahren, das Bild der Narzissen in sich auf, die im leichten Winde schwankten und bebten, und schwang müßiggängerisch und beschaulich den leeren Kübel in der Hand. Sie schrak aus ihrer Frühlingsbetrachtung auf, als plötzlich von hinten eine feuchte Schnauze in ihre Kniekehle stieß. Dieser schreckliche Hund, Timothy, war wieder da. Nun, diesmal hatte sie wenigstens keinen neuen Mantel an. Aber er war gar nicht mehr schrecklich. Wie ein Lamm ging er neben ihr her, drängte seinen Kopf an sie und versuchte ihre herabhängende freie Hand zu lecken.

Stasi blieb stehen und streichelte ihn. Zwischen den Ohren, dort wo zweifellos seine Stirn war, hatte er tatsächlich das leicht gelockte Fell eines jungen Lammes. Er blieb ganz still unter ihrer Bewegung und blickte sie aus großen dunkelbraunen Augen hingebungsvoll an.

»Timothy«, sagte sie leise. Es waren die ersten Worte eines beginnenden Gesprächs, und als der Hund mit seinen lebendigen beredten Augen antwortete, flüsterte sie noch einmal zärtlich: »Timothy«, und eine Welle neuer Gefühle schlug in ihr auf.

Zusammen gingen sie weiter, dem Hause zu, und Stasi spürte, daß sie einen Freund gefunden hatte, den ersten in dem neuen und fremden Land und das erste Tier überhaupt, denn Stasi hatte in ihrer Kindheit keine Tiere besessen und wußte in diesem Augenblick, daß sie viel versäumt hatte.

Die letzte Wegbiegung bescherte Stasi den unfrühlingshaften Anblick eines älteren schwammigen Mannes, der in schmutzigem Shetland-Pullover und Wellington-Stiefeln sich mit einem Spaten an einem Gemüsebeet zu schaffen machte und dabei jenen schmalen Grat zwischen leiser Geschäftigkeit und völligem Müßiggang beschritt, auf dem er offensichtlich ein Routinier war. Er nahm Stasi grußlos zur Kenntnis und stärkte sich bei seinem schweren Tun, indem er mit gekonnter, wohlerprobter Handbewegung eine kleine Flasche aus dem Sack seiner schmierigen Hose zog und sie an die Lippen setzte.

Stasi ging ins Haus, sie vergaß den unappetitlichen Mann fast augenblicklich, denn wenn manche Menschen Staubsauger sind, die alles Widerwärtige und Ungute anziehen und kultivieren, so war Stasi gerade das Gegenteil davon und ihr Herz ein Speicher für die vielfältigen Lichter des Tages.

Dankbar und angeregt von dieser ersten Begegnung mit dem englischen Frühling und der schlichten Erwerbung eines vierbeinigen

Freundes trat sie in die Küche, um zu fragen, was sie als Nächstes tun solle. Sie stieß auf Lady Gwendolyn, die in einem eleganten Wolljersey-Kostüm in den Farbschattierungen des Heidekrauts dastand und ein offenbar wichtiges Gespräch mit Nannie führte: »Ich habe Cromwell seit vorgestern früh nicht mehr gesehen! Er kommt doch sonst immer an den Frühstückstisch und will seine Milch. Ich bin etwas beunruhigt über sein Ausbleiben, denn Sie wissen doch, Nannie, wie Bridget an ihm hängt, und wenn sie ihn im Sommer nicht mehr vorfände...«

»Er ist nach Westen gegangen, Madam, ich sage es Ihnen«, antwortete Nannie mit grimmiger Genugtuung. Sie sagte: »*He has gone west.*« Stasi, eifrig bemüht, mit ihrem Schulenglisch nur ja kein Wort der interessanten unheilschwangeren Konversation zu versäumen, nahm das poetische Bild mit Wohlgefallen auf.

»Ach, wie traurig, Nannie«, sagte Lady Gwendolyn, »wir werden ihn sehr vermissen. Er hatte ein so prächtiges schwarzes Fell und vertrug sich gut mit den Hunden. Es ist wirklich ein Jammer!«

»*He has gone west*«, wiederholte Nannie mit leichenbestatterischer Genugtuung und füllte kleine Mürbteigtörtchen mit Maulbeergelee. Man konnte ihr deutlich anmerken, daß ihr das Verschwinden eines Katers angesichts ihrer in Brüche gegangenen Verlobung wenig bedeutete.

»Was für ein unerfreulicher Morgen«, fuhr Lady Gwendolyn fort, »der Butler für die große Dinner-Party in zwei Wochen hat abgesagt, und Mrs. Simpson vom Literarischen Damenklub kann morgen nicht zum Tee kommen, und ich habe doch gerade für sie zwei so unsympathische Leute eingeladen.«

Stasi stand still da, von keinem beachtet, und ihre lebhafte Phantasie, die immer bereit und auf dem Sprung war, Fäden, die das Leben ihr zuwarf, in phantastische Bilder und Geschichten auszuspinnen, sah den schwarzen Kater Cromwell nach Westen gehen: Mit steil aufgerichtetem Schwanz verschwand er langsam im Gegenlicht der untergehenden Sonne, ein alter narbiger Kämpfer, ruhmbedeckt, und ein unsichtbarer Chor sang leise »*Glory, glory, halleluja... and his soul is marching on.*« Das war doch viel schöner als die deutschen Entsprechungen des Hinscheidens, wie etwa ins Gras beißen oder die Patschen aufstellen.

Es war Stasi nicht vergönnt, weitere Vergleiche über die Sterbejargons der beiden Sprachen anzustellen, denn Madam hatte sie nun gesehen und bedeutete ihr mit allerfreundlichster Hinterhältigkeit, daß

sie doch zum Kapaunfüttern reichlich lange gebraucht habe und es ihr leid täte, wenn sie sich nun beim Abstauben der beiden Zimmer und dem nachfolgenden Tischdecken abhetzen müsse.

Stasi wollte eben mit einem Staubtuch die Küche verlassen, als sie fast mit einer hereineilenden Gestalt zusammenprallte, die von oben bis unten in eine kleinkarierte blaue Arbeitsschürze gewickelt war und eine Kehrschaufel trug.

Madam lächelte verbindlich: »Nun lernen Sie gleich noch unsere liebe Mrs. Muffett kennen, die das Haus putzt, die Böden und alle die vielen leidigen Dinge, die immer schmutzig werden – nicht wahr, Mrs. Muffett?«

Mrs. Muffett verzog ihren dünnen Mund in dem ebenmäßigen welken Gesicht, aus dem zwei angenehme Augen blickten, zu einem beflissenen Lächeln und fuhr, ohne sich auch nur eine Sekunde aufhalten zu lassen, in eine Ecke, wo sie einem Fach eine Bürste entnahm. Sie sah aus wie eine emsige, leicht kummervolle Maus, die, wie Stasi nun erleben sollte, pausenlos fegend an den Vormittagen das Haus durcheilte, und alles in allem der personifizierte Fleiß war.

Ihr Gatte hingegen war jener schwammige schmierige Mann, den Stasi im Garten gesehen hatte, wo er, zu Sir Edwards vollster Unzufriedenheit, mehr trank als arbeitete. Ja, er war Gärtner daselbst, weil man keinen anderen bekam, und man konnte es nicht schonender ausdrücken: Mr. Muffett soff wie ein Loch und stand so in betrüblichstem Gegensatz zu der Vorbildlichkeit seiner Frau.

Nachdenklich betrat Stasi das große Arbeitszimmer Sir Edwards. Die Stirnseite nahm nicht etwa der Schreibtisch, sondern ein monumentaler Marmorkamin ein, in dem man einen mittleren Ochsen ohne Zwängen und Drücken hätte braten können, und über dem weitgeschwungenen Kaminaufsatz hing ein nicht nur vom Rahmen her imponierendes Bild. Der stattliche Mann darin, in einer weißen Uniform, hielt die Hand am Degen und blickte kühn aus einem von weißer Lockenperücke umschäumten Gesicht. Stasi ließ das Staubtuch sinken und ergab sich ganz dem Anblick des überwältigenden Herrn: man hörte geradezu die Kriegshörner blasen, sah die Armeen im Hintergrund, rote, blaue, weiße Uniformen, die der unkriegerischen Farbenfreudigkeit jener Zeit zugehörten.

»Ach, hier haben Sie begonnen und vor dem Bild Wurzeln geschlagen, wie ich sehe!« Lady Gwendolyn war eingetreten und lächelte ihr verbindliches Standardlächeln, das die tadellosen Zähne in dem zu großen Mund zeigte.

Mrs. Muffett

Stasi fühlte den untergründigen Tadel in ihren Worten und hätte am liebsten gesagt, daß sie ja Studentin und nicht Hausmädchen sei, hierhergekommen, um die Sprache zu üben und nicht um Mrs. Muffett Konkurrenz zu machen und daß nur kleinere Hausarbeiten am Rande vorgesehen seien. Sie schwieg aber, und Lady Gwendolyn fuhr nun freundlich fort: »Es ist ein wunderbares Bild, nicht wahr? Der Ur-Urgroßvater Sir Edwards vor der Schlacht von Waterloo. Er ist nicht mehr vom Schlachtfeld zurückgekehrt und hinterließ drei minderjährige Söhne, von denen der älteste später das Haus übernahm, der zweite Dean von Canterbury Cathedral wurde und der jüngste bei einer Weltumseglung an Tropenfieber starb. Die LeSargents sind eine alte Familie und eng mit der Geschichte Englands verbunden: sie kamen 1066 mit Wilhelm dem Eroberer auf die Insel. Natürlich haben sie nicht immer hier gewohnt.« Lady Gwendolyn machte eine Pause, um ihre Worte auf Stasi wirken zu lassen.

»Aber warum bin ich in dieses Zimmer gekommen? Ach ja, ich suche Henrys letzten Brief.« Sie ging an den mit Briefstößen und verschiedenen Nummern von *Country-Life* und der Gartenzeitschrift *The British Gardener* übersäten Schreibtisch: »Wo hat er ihn wieder hingeräumt? Henry schickte doch vor drei Tagen eine Nachricht...«, sie warf ungeduldig die Briefe durcheinander und verließ dann ärgerlich das Zimmer.

Stasi brauchte eine Weile, bis sie den Helden von Waterloo beziehungsweise seinen mit staubspeichernden Goldschnörkeln reichlich verzierten Rahmen abgestaubt hatte, und arbeitete sich dann langsam über etliche Turner'sche Landschaften, in denen herrliche Laubbäume sich in goldenem Licht aufzulösen schienen, über einen entzückenden Gainsborough, der eine Tochter der Familie in rosa Kleid, Schutenhut und mit Blumenkörbchen darstellte, bis zum Schreibtisch des Hausherrn vor, der vor einem bis zum Boden reichenden Fenster stand. Von hier hatte man einen wunderbaren Ausblick auf den Park. In einiger Entfernung sah Stasi Sir Edward, der nun ebenfalls Wellington-Stiefel trug und einen Spaten in der Hand hielt. Er redete auf Mr. Muffett ein. Muffett lehnte am breiten Stamm einer Deodar-Zeder und wirkte nicht sehr tätig.

Stasi riß ihre Augen vom Garten los, widerstand der Versuchung, eine Nummer des *Country-Life* aufzuschlagen, auf dessen Titelseite das hinreißende Frühlingsbild einer narzissenübersäten Kirchhofswiese vor einem grauen normannischen Turm leuchtete, und beendete schnell ihre Arbeit.

Sie trödelte tatsächlich an diesem Vormittag, aber die Fülle neuer Dinge war verwirrend, und Stasi stand tiefatmend im Strom der Ereignisse. Sie ging in den ersten Stock und betrat Lady Gwendolyns Schlafzimmer. Mit einem Blick überflog sie den großzügigen Raum mit den drei Fenstern und hatte gleich das sichere Gefühl, daß sie lange, sehr lange brauchen würde, um die Dinge dieses Zimmers abzustauben.

Da war einmal der große Spiegeltisch, dessen kostbaren Kristallspiegel zwei kleinere schräggestellte Seitenspiegel flankierten, und der fast zusammenbrach unter der vielfältigen Last kosmetischer Produkte aus den rührigen Kosmetikindustrien von London, New York und Paris. Stasi, deren Toilettetisch eine Tages- und eine Nachtcreme aus den Beständen einer preiswerten innerösterreichischen Firma zierten, machte große Augen beim Anblick all jener Wässer, Tiegel, Morning- und Evening-Lotions, der Make-up-, Cleansing-, Refreshing- und Nourishing-Creams, die Lady Gwendolyn offenbar benötigte, um ihre Umwelt über ihr wahres Alter zu täuschen.

Endlich hatte Stasi den letzten Flakon abgestaubt und ging zu einem blumenreichen Armstuhl, über den lässig ein Negligé mit hunderttausend Rüschen geworfen war. Darin konnte Madam lautlos wie eine Siamkatze durch das Zimmer schleichen, denn der Boden war in mehreren Schichten von Teppichen bedeckt: auf dem blauen Spannteppich schwammen kleine Blumeninseln ovaler chinesischer Teppiche, und jener Toilettetisch mit seiner reichen Fracht wuchs aus einem besonders hochflorigen lachsroten Vorleger auf.

Das Bett, das frei im Raum stand, so daß es sich bestens für die Zeremonie des *Lever* geeignet hätte, war von französischen Ausmaßen und so breit, daß Madam darin auch querliegend eine behagliche Nacht verbringen konnte. Auf dem Nachttisch lag in einer krokodillederen Hülle ein aufgeschlagenes Buch, und nun konnte Stasi, die schon so standhaft dem *Country-Life* entsagt hatte, nicht mehr an sich halten: sie nahm das Buch und sank damit auf Madams Bett.

Wie interessant, ein Roman über König Heinrich den Achten! Stasi wendete rasch die Seiten, überflog die Kapitelüberschriften, und vor ihren Augen erstand das Bild jenes Mannes, der sich von einem schönen und romantischen Jüngling bald in den sattsam bekannten Fettwanst mit den feisten Waden und den in der höfischen Tracht jener Tage überbreiten Schultern ausgewachsen hatte, jenes Königs mit den kleinen verschlagenen Augen über fleischigen Wangen und dem unschönen Puppenmund.

Stasi beschloß, dem Abstauben dieses aufwendigen Zimmers jeden Tag einen kleinen erholsamen Exkurs in die englische Geschichte anzuhängen. Sicher würde sie bald einen Weg finden, um die Reinigung des überladenen Spiegeltisches zu rationalisieren und so Zeit einzusparen, denn Heinrich der Achte gehörte zweifellos zu den Bildungszielen eines englischen Aufenthaltes. (So gut lernte Stasi in der Folge, daß sie zwei Monate später, bei einer Führung durch den Tower, als einzige unter einer Schar englischer und ausländischer Touristen fließend die sechs teils enthaupteten, teils freiwillig verschiedenen Gattinnen Heinrichs heruntersagen konnte, was ihr einen gerührten Blick des *Beefeaters* eintrug.)

Jetzt aber vertiefte sie sich in die Jugendjahre des Königs, in denen er Musik liebte und höfische Feste, jenes hinreißende Liebeslied *Greensleeves* verfaßte, das so voll ahnungsvoller Trauer war und voll weltvergessener Süße, sie las von den Jahren, in denen er mit der älteren Katharina von Aragon verheiratet wurde. Stasi hob den Kopf, um der wohlbekannten Melodie nachzusinnen, und hörte dabei zum Glück nicht nur diese, sondern Lady Gwendolyns Schritte auf der Treppe. Rasch ließ sie das Buch auf den Nachttisch gleiten und stürzte auf das weißlackierte Kaminsims zu, das sie noch nicht abgestaubt hatte.

»Ach, meine Liebe, da sind Sie noch! Wir werden heute den Lunch etwas verschieben müssen. Aber all das Neue ist natürlich verwirrend für Sie, nicht wahr?« Damit ging Madam direkt auf das Buch zu, blätterte darin und suchte wieder, leise murmelnd, den Brief jenes Henry.

Stasi schlüpfte unbemerkt aus dem Zimmer, während Lady Gwendolyn mit ungeduldigen Händen Laden durchsuchte, und ging zu Nannie hinunter, um sich belehren zu lassen, wie der Tisch zu decken sei. Sie gedachte diese kleine Pflicht in ein paar Minuten zu erledigen und vor dem Essen noch eine rasche Gartenrunde zu machen.

Da hatte sie sich aber gründlich getäuscht. Ein wohlgedeckter kultivierter Tisch für drei Gänge und mehrere Personen erfordert in England, so stellte Stasi mit tiefem Erstaunen fest, überdurchschnittliche Intelligenz und zumindest mittlere Schulreife. Und während sie reihenweise silberne Löffel, Gabeln und Messer auflegte und Gläser polierte, schätzte sie sich glücklich, mit gutem Erfolg vor nicht zu langer Zeit die Matura abgelegt zu haben. Sie durfte also hoffen, von dieser diffizilen Aufgabe nicht geistig überfordert zu sein.

Nannie kam herein und warf einen düsteren Blick auf Stasis anfängerhaftes Werk. Dann nahm sie kopfschüttelnd die kleinen Löffel für den Nachtisch vom Kopfende der Gedecke und ersetzte sie durch mittelgroße Löffel, die von Gabeln sekundiert wurden. Ferner bedeutete sie Stasi herablassend, daß unter jedes Gedeck eine mit Kork besetzte Matte zu geben sei, damit die heißen Teller nicht die kostbare blanke Mahagoniplatte verdürben. Denn niemals, so wurde Stasi belehrt, gibt man in England ein Tischtuch auf einen Eßtisch – schließlich will man zeigen, daß man eine durch Generationen hindurch gepflegte edle Holztischplatte besitzt.

»Nein, nicht diese hier«, sagte Nannie mit dem Ton eines Lehrers aus der Sonderschule für zurückgebliebene Kinder, als Stasi nun einen mit britischen Singvögeln verzierten Satz von Korksets aus der Anrichte nehmen wollte: »Zum Lunch kommt das Kamelien-Set, und zum Supper nehmen wir die Vögel – paßt ja auch besser für Lady Gwendolyn und Sir Edward«, fügte sie maliziös hinzu, setzte aber gleich darauf mit unbeteiligtem Gesicht, als hätte sie der neuen Hausgenossin schon zuviel Vertraulichkeit gezeigt, hinzu:

»Und an den Sonntagen werden die Rosen-Sets gedeckt und darüber diese venezianischen Spitzendeckchen. Nur Julian bekommt keines«, schloß sie warnend. Stasi brauchte dafür keine Erklärung. Julian war gewiß nicht der Typ für venezianische Klöppelspitzen, soviel hatte sie bereits erfaßt.

Zuletzt, nachdem sie streng und kritisch über den ganzen Tisch geblickt, da noch einen schweren silbernen Servierlöffel und dort eine Bratengabel zurechtgerückt hatte, stellte Nannie mit einer gewissen düsteren Feierlichkeit – sie mußte aus einer Scharfrichter- oder Totengräberfamilie stammen – eine niedrige weiße Schale mit kunstvoll gesteckten Narzissen auf den ovalen Mahagonitisch. Diese Blumengestecke, die in allen Größen und Formen Räume und Stiegenaufgänge zierten, gehörten zu den schweren häuslichen Pflichten Lady Gwendolyns, und sie versäumte nicht, wie auch bei allem andern, was sie im Hause tat, darüber zu jammern und zu betonen, daß dies ihr krankes Herz angreife.

»Ach, es fehlen ja noch Salz, Pfeffer und Senf«, sagte Nannie zuletzt, und während Stasi suchend auf der Anrichte nach den genannten Gegenständen Ausschau hielt, öffnete Nannie einen kleinen Wandschrank und entnahm ihm drei wunderbar ziselierte Silbervögel verschiedener Größen, deren blinkendes Gefieder nun im Mittagssonnenlicht glänzte, und stellte sie auf den Tisch.

»Die Silbervögel werden mittags und abends benötigt«, sagte sie noch und verließ das Eßzimmer, um die fertigen Speisen in die Durchreiche zu stellen. Stasi hob entzückt den größten der drei Vögel hoch, seine metallenen Flügelfedern ließen sich aufklappen und verbargen ein kleines Senffaß. Die beiden andern Vögel hüteten Salz und Pfeffer. Alle drei wogen erstaunlich schwer in der Hand und waren aus gediegenem Silber.

»Ah, Sie bewundern unsere Silbervögel«, sagte Sir Edward, der mit der Pfeife in der Hand eintrat. Er legte sie sorgfältig auf den Kamin und stellte sich ans Fenster, wo er mit Stirnrunzeln Muffett hinter einer Hecke verschwinden sah: »Was macht der Kerl denn dort?« murmelte er, wendete sich aber gleich wieder Stasi zu: »Nettes kleines Familienerbstück, ziemlich wertvoll heute, würde ich sagen. Queen Victoria, damals jung verheiratet, schenkte sie dem Haus, als sie anläßlich eines Jagdausfluges mit dem Prinzgemahl Albert hier zum Tee war. Sie werden es nicht glauben, aber als ich ein Junge war und seit meinem sechsten Lebensjahr in Eton herumhing, hatte ich stets Heimweh nach diesen Vögeln. Sie symbolisierten das Elternhaus gewissermaßen – komische Sache so etwas, verrückt.« Er ging wieder zum Kamin, stopfte umständlich seine Pfeife, die er aber gleich sinken ließ, als seine Frau eintrat.

Es gab Roastbeef, so dünn, daß es von der Gabel hing wie ein welkes Blatt, dazu Lauch, das Nationalgemüse von Wales, wie Stasi belehrt wurde – eine Tatsache, die sie auch nicht damit versöhnte, daß der wallisische Lauch um und um von Wasser troff. Eine Stachelbeerpastete erheiterte Stasis Gemüt nicht sonderlich, und sie ahnte, daß das Beste an der englischen Küche der schön gedeckte Tisch sei, das Fest der Augen gewissermaßen, und daß die Speisen nur ein Appendix der ganzen Eßzeremonie seien – eine für eine Österreicherin etwas bittere Erkenntnis.

Indessen sollte es doch besser kommen. Stasi wußte an diesem Tag noch nichts von den herrlichen Obstpasteten, von Apfeltorten und *Yorkshire pudding,* von *Roast lamb* und Pfefferminz-Sauce, Steaks und Räucherlachsen, die ihr die englische Küche in neuem Licht erscheinen lassen sollten.

Vorerst aber schlüpfte sie aus dem Haus, nachdem sie noch geholfen hatte, den Tisch abzuräumen und das Geschirr mit dem vielen Silberbesteck in die Küche zu tragen, wo schon Mrs. Muffett stand, bereit, die alltäglich stattfindende Reinigungsschlacht zu schlagen.

Stasi war voll Vorfreude, denn nun wollte sie die nächste Umgebung erforschen, einen langen Spaziergang machen und natürlich bis zum Tee zurück sein. Um fünf Uhr nämlich würde Nannie sie, sicherlich mit der gewohnten Freundlichkeit, in die geheimnisvollen Zeremonien des Teetischdeckens einführen und somit wieder einen Strahl der Erleuchtung in die kontinentale Dunkelheit ihres Geistes werfen.

Während Stasi nun den leicht talab fallenden Park hinunterschritt, wieder vorbei an blühenden Kirschbäumen, an rosa und weißen Blütenwolken, die im blauen Himmel zu schweben schienen, während sie mit Entzücken die Narzissen wahrnahm, elfenbein- und orangefarbene Inseln zwischen jadegrünen Rasenteppichen, folgte der Hund Timothy ihr vom Haus her. Auf lautlosen Pfoten lief er über den feuchten Gartenpfad und stieß plötzlich mit seiner kalten Schnauze an Stasis herabhängende Hand. Sie erschrak ein wenig, aber dann freute sie sich, einen Weggefährten zu haben.

»Timothy, gehst du mit mir? Begleitest du mich auf meinem ersten Spaziergang in England? Führ mich einen schönen Weg, Timothy, hörst du!« Der Hund sah das Mädchen an mit seinen schönen braunen Augen, die sanft und lebhaft zugleich waren und von einer ergreifenden Lauterkeit, und Stasi hatte das seltsame Gefühl, als verstünde er jedes Wort. Sie folgte also dem Hund, er lief vor ihr her, und gemeinsam verließen sie den gepflegten Gartenteil durch ein altes Holzgatter und kamen in eine Art Wildpark, wo die Rhododendren alles erobert und überwuchert hatten. In urwaldhafter Üppigkeit quollen sie aus dem feuchten schwarzbraunen Torfboden und erreichten die Höhe mittlerer Bäume. Ihre herrlichen dunkelgrünen Blätter mit dem wachsartigen Film formten schimmernde Wände, die das Sonnenlicht metallisch funkelnd zurückwarfen, ein Schild aus Silber und doch wieder ein Schild aus dunkelstem sattestem Grün, wenn die Sonne hinter einer Wolke verschwand. Und alle die Zweigspitzen trugen festgeschlossene hellgrüne Knospen. In etwa sechs Wochen würden sie blühen.

Fasziniert blickte Stasi auf diese Entfaltung einer neuen Welt, völlig verschieden von der, die sie aus ihrer Heimat kannte, und wie im Traume ging sie weiter, Timothy immer an ihrer Seite, ging weiter das langsam fallende Tal hinaus, und es war immer noch das Land der LeSargents, war Silverdale, das silberne Tal, das seinen Namen zu Recht trug.

Plötzlich kam Stasi wieder zu einem kultivierten Gartenteil: an der Hangseite des Tales lag ein schlichtes gelbes Haus, würdig und still, zu ihm führte eine breite steinerne Treppe den Rasenhang hinauf, und zu beiden Seiten der Stufen wuchsen wundervolle alte Magnolienbäume, deren Blüten sich schon geöffnet hatten und nun in elfenbeinfarbenen Kaskaden an den Treppenrändern niederfielen.

Stasi atmete tief, sie war fast bedrängt von Glück, sie setzte sich ins feuchte Gras und achtete nicht darauf, daß ihr Rock naß wurde, während sie unverwandt die Magnolienallee betrachtete. Timothy hatte sich vor ihr auf seine zottigen Hinterbeine gesetzt, auf seinem Gesicht lag ein Ausdruck gleichmütiger Ergebenheit. Nach einer Weile fand er, es sei Zeit zum Gehen und stupste Stasi mit der Schnauze.

»Ja, Timothy, du hast recht und bist viel vernünftiger als ich!« Sie stand auf und ging rasch weiter, und nun breitete sich das Tal, öffnete sich einer Ebene, die mit Weißdornhecken gesäumt war und einige Weideplätze einschloß. Auf einem standen etwa zwanzig kräftige Bullen, sie waren schwarz und sahen recht gefährlich aus. Timothy stieß ein langgezogenes heulendes Bellen aus, er schien sehr erbittert, wagte aber doch nicht, durch den Zaun zu kriechen, worüber Stasi sehr erleichtert war.

Sie stand eine Weile unschlüssig am Zaun und blickte mit diffusem Unbehagen auf die massigen dunklen Tiere, die gleichmütig kauend in der frischgrünen Frühlingswiese standen, eine Ladung dumpfer Kraft, jeden Augenblick bereit zu explodieren, wenn der heftig zerrende und vor Erregung zitternde Timothy etwa so tollkühn wäre, durch den Drahtzaun zu brechen.

Stasi, von dem Hund hin und her gerissen, schaute mit einer Mischung von Bewunderung und Abscheu zu den schwarzen Stieren hinüber und stellte abschließend fest, daß sie ihr unsympathisch waren. Sie nahm die Leine kurz und zerrte Timothy, der fortfuhr sein wütendes Wolfsgeheul auszustoßen, vom Zaun weg.

Sie hatte ihre Uhr vergessen, aber obwohl eine innere Stimme, jene der Ordnung und Pünktlichkeit, die bei Stasi so oft auf verlorenem Posten stand, sie warnte und ermahnte umzukehren, weil die Teezeit nahe war, schlug sie doch einen verlockenden und lieblichen Weißdornheckenweg ein, der in ein Dorf führte. Stasi ging rasch, um die innere Stimme zum Schweigen zu bringen, und erreichte bald die ersten Häuser.

Sie waren niedrig, weiß gekalkt und hatten, als wollten sie sich noch mehr in die von Primeln und Narzissenbüscheln leuchtenden Vorgärten hineinschmiegen, die strohgedeckten Dächer tief heruntergezogen. Stasi ging bis zur Dorfkirche, die in einem narzissenumwogten Kirchhof stand, und da hörte sie die sanfte dunkle Glockenstimme die ersten paar Takte der Big-Ben-Melodie summen.

Halb fünf! Und um fünf Uhr sollte Tee sein! Stasi sprang die Stufen der Kirche hinunter, rannte völlig unbeschaulich zwischen den strohgedeckten Häusern die typische englische Dorfstraße hinauf und zahlte wieder einmal den Preis für die Beschaulichkeit, der in ihrer völligen Umkehrung besteht.

Es mußte doch einen kürzeren Weg zurück nach Silverdale-House geben. Zum Beispiel nicht mehr vorbei an den blöden Stieren, die den armen Timothy ganz um den Verstand brachten und eine zeitraubende Bändigung seiner Instinkte erforderten. Stasi schlug einen kleinen Pfad ein und hoffte, er werde viel kürzer sein als der, auf dem sie gekommen war. Er war es natürlich nicht. Einen flüchtigen Blick warf Stasi noch auf das gelbe Haus, das kühl, vornehm und verschlossen über seinen Magnolienkaskaden und der grauen Steintreppe auf der anderen Seite des Tales lag, dann rannte sie wieder ein Stück Weges, bis ihre Atemlosigkeit sie zu einer bekömmlicheren Gangart zwang.

Dieser Weg war kein glücklicher Einfall gewesen: er verwandelte sich zusehends in einen unwirtlichen Steig, der sich auf schwarzer mooriger Erde hinwand. Ein Dschungel war das, ein Rhododendronurwald, und bald, wenn die hellgrünen Knospenzapfen sich öffnen würden, ein Paradies aus violetten Blüten.

Aber Stasi hatte keine Zeit, an Blüten zu denken, eilig teilte sie die sattgrünen Zweige, in denen noch die Regentropfen des letzten kleinen Schauers hingen, und erreichte endlich atemlos und mit zerzausten Haaren das Haus.

Flüchtig gewahrte sie einen jungen Mann, der einen aufdringlich grünen Tweed-Anzug trug, einige Nuancen eleganter und wohlhabender als jener, den Sir Edward heute morgen getragen hatte. Der Mann schlenderte an dem Fenster neben der Gartentür vorbei, streckte die Hand aus und nahm lässig etwas vom Sims. Hastig lief Stasi an dem Menschen vorbei, der sie mit einem gelangweilt-interessierten Blick beehrte und über den Gartenweg davonschlenderte. Sie stürzte in ihr Zimmer, wusch die Hände, kämmte ihre Haare und stürzte wieder hinunter in das Eßzimmer, wo eben Nannie mit eisigem Gesicht das Teegeschirr abräumte. Lady Gwendolyn empfing Stasi mit einem mühsamen Lächeln:

»Sie haben sich wohl verirrt, meine Liebe, und müssen in Zukunft ihre Nachmittagsspaziergänge in Grenzen halten! Ihr Ausflug hatte fast die Dimensionen einer Alpentour ... nur daß Sie jetzt nicht in Österreich sind.«

Soweit der Tadel. Das volle Maß der Rüge wurde indessen über den unglückseligen Timothy ausgegossen, der geradewegs auf ein schimmernd weißes Lammfell geeilt war, das vor dem Kamin und unter dem heldischen LeSargent von Waterloo lag und sofort die Schwärzlichkeit von Timothys Moorpfoten annahm. Er gedachte hier zu ruhen und ein Schläfchen zu halten, aber Madam scheuchte ihn mit mehr Elan als Vornehmheit hinweg und vergaß für einen Moment die britische Zurückhaltung, die sie sonst übte.

»Timothy, du Laster, du Scheusal! Wo hast du dich so lange herumgetrieben? Wer heißt dich durch das ganze Tal streunen! Nannie, waschen Sie sofort seine Pfoten!«

Während Madam schimpfte, saß Jonathan brav und manierlich zu ihren Füßen und hatte seine kleinen, tadellos sauberen Pfoten nett nebeneinandergestellt. Sein Blick verriet das stille Glück der Tugend, und er maß Timothy mit jener Herablassung, die ein Vorzugsschüler einem Repetenten entgegenbringt.

Stasi ging auf ihr Zimmer, packte die restlichen Sachen aus und war im übrigen etwas bedrückt. Lady Gwendolyn schien schwierig zu sein. Ihre wortreiche und perfide Freundlichkeit, in die sie Spitzen verpackte und einwickelte, so daß man sie nur als ein vages Unbehagen wahrnahm, verwirrte Stasi, die in ihrem jungen Leben mit Menschen dieser Art noch keinen Umgang gepflogen hatte. Natürlich hätte sie ähnliche Leute zu Dutzenden auch in Österreich treffen können, und sie hatte ganz einfach Glück gehabt, daß dies bis dato nie geschehen war.

Stasi lief nicht Gefahr, auch noch zum abendlichen Supper unpünktlich zu sein, denn die trübselige Fanfare von Julian, der seine verschnupfte Nase wieder mit großer Lautstärke malträtierte, war nicht zu überhören und zeigte an, daß das strapaziöse Kind sich in die Küche begeben hatte, um daselbst bei Nannie ein frugales Abendbrot, bestehend aus Milch, Toast, Käse und Obst, zu sich zu nehmen. Nach diesem Imbiß, der sich mit schöner Regelmäßigkeit jeden Abend wiederholen sollte, verzog Julian sich in sein Zimmer, wo er noch allerlei geheimnisvollen Tätigkeiten nachging, Land- und Seeschlachten inszenierte und kleine Aufregungen und Ärgernisse für den nächsten Tag vorbereitete.

Jetzt saß er kauend an dem großen Küchentisch, seine wasser-

Julian

blauen Augen zwischen den vielen Sommersprossen blickten angriffslustig auf Stasi, die freundlich die geräumige Küche betrat. Wenn Nannie nicht so wortkarg und mit Erfolg bemüht wäre, Scharfrichteratmosphäre zu verbreiten, könnte das ein gemütlicher Ort sein, dachte Stasi und betrachtete die im Lampenlicht glänzenden Kupferkuchenformen, die in Gestalt von Fischleibern und Sonnen an den Wänden hingen.

Plötzlich kam etwas geflogen, und Stasi löste ein verschmiertes Butterbrot von ihrer Stirn. Sie ging wortlos zu Julian, der eifrig kaute und grinste, und zog ihn kurz und kräftig an den roten Haaren. Er schrie über die Maßen, dem nichtigen Anlaß keineswegs entsprechend, und schlug wild um sich.

Nannie kam rasch vom Ofen, wo sie das Abendessen für die Eltern dieses schwer erziehbaren Knaben kochte, packte ihn mit den geübten Griffen eines Raubtierbändigers an den Schultern und beförderte ihn hinaus: »Verschwinde jetzt, du bist fertig! Und daß du nicht wieder die Badewanne vollaufen läßt! Sonst konfisziere ich deine Mickymaus-Hefte.« Julian machte ein erschrockenes Gesicht und verließ anstandslos die Küche. Offenbar hatte Nannie die Stelle berührt, wo er sterblich war.

Stasi bemühte sich, Nannie zu helfen, ihr ein paar Handgriffe abzunehmen, und während sie die vorgewärmten Teller in die Durchreiche stellte, versuchte sie mit dem Optimismus der Jugend, der auch noch die Sphinx in eine Konversation verwickeln würde, mit ihr ins Gespräch zu kommen. Sie erzählte von ihrem Spaziergang ins Dorf, kam dann auf den Park zu sprechen und damit nicht ganz von ungefähr auf Sir Edward, der offenbar für die meisterhafte Gartengestaltung verantwortlich zeichnete.

Nannie hörte eine Weile zu, unterbrach für keinen Augenblick ihre heftigen Hantierungen, und ihr Mund, der wie ein Strich das hagere Gesicht durchschnitt, blieb zusammengekniffen. Als sie die Lammkoteletts aus der Pfanne nahm und sie auf eine ovale Platte mit schönem Blumenmuster legte, ließ sie sich endlich zu einer Antwort herbei: »Ja, den Garten macht Sir Edward ganz gut. Er hat aber auch sonst nichts zu tun, ... *born with the silver spoon.*« Mit diesen rätselhaften Worten beendete sie die Konversation des Abends und überließ es Stasi, darüber nachzugrübeln.

Inzwischen waren Sir Edward und Lady Gwendolyn im Eßzimmer erschienen. Während Sir Edward sich setzte, öffnete Madam die Durchreiche und nahm mit einem breiten Lächeln, das der *Cheshire*

Cat, einem in Wales beheimateten Fabeltier, alle Ehre gemacht hätte, die Vorspeise in Gestalt zweier Räucherlachse auf gebuttertem Toast entgegen.

(Jene Katze, wie Stasi in einem Julian gehörenden Buch las, führt ein fluktuierendes Dasein: sie beginnt von der Schwanzspitze her unsichtbar zu werden, die Unsichtbarkeit läuft an ihrem Rückgrat entlang, bis sie auch noch den Kopf verschluckt hat und von der *Cheshire Cat* nur mehr ihr Grinsen übriggeblieben ist. Nachdem sie eine Weile als bloßes Grinsen existiert hat, entschließt sie sich wieder, einen Kopf zu zeigen, ein Vorderteil, eine Rückenpartie, einen Schwanz und beginnt bald darauf das schöne Spiel von vorne ...)

Stasi öffnete die Durchreiche ein wenig, um Nannie zu berichten, ob es schon an der Zeit sei, die Lammkoteletten hineinzureichen, die *Mint jelly,* eine grüne Minzensauce, und den gedünsteten Kohl, von dem das Kochwasser in trübseligen Bächen wegrann. Dabei hörte sie Sir Edward nach dem Verbleib eines Feuerzeugs fragen, das er am Nachmittag auf dem Gartenfenster hatte liegenlassen. Lady Gwendolyn bedauerte, sie wußte von nichts, und Stasi dachte an den lässigen jungen Mann, der etwas vom Fenster genommen hatte, als sie so hastig heimgekommen war. Sollte sie etwas sagen? Aber sie war kaum zwei Tage hier und wußte nicht einmal, wer jener junge Mann gewesen war. Vielleicht tat sie jemandem Unrecht und stiftete nur Ärger und Verwirrung. Es war wohl weiser, den Mund zu halten.

Sie nahm die leeren Teller entgegen, reichte die Platten durch und stellte mit einem Blick ins Zimmer fest, daß Sir Edward sehr gerade und zugeknöpft an seinem Platz saß. Lady Gwendolyns Lächeln war wie ein Omelette Surprise geworden, mehr Eis als sonst was, und die Beigabe von Süßem recht unerheblich. Die Blicke, die Edward und Gwendolyn einander zuwarfen, waren arktisch, ja, so konnte man sie wohl nennen, und sogar die nahe zusammengerückten Silbervögel, die *silverbirds*, mit ihren kunstvollen Schwanz- und Flügelfedern schienen zu frieren.

Nach dem Stilton-Käse und während er sich ein Glas Sherry eingoß, fragte Sir Edward seine Frau: »Weißt du nicht, wann Henry eigentlich zurückkommt? Er hat doch geschrieben, nicht wahr, oder irre ich mich?«

»Ja, und ich finde seinen Brief nicht mehr, sehr ärgerlich, aber es müßte in diesen Tagen sein.«

Stasi war wieder sehr müde an diesem Abend. Im Nachthemd stand sie noch eine Weile am Fenster ihres Zimmers und sah in den dämmernden Park hinaus. Die Personen und Ereignisse dieses Tages wirbelten durch ihre Phantasie: die düstere Nannie, Mrs. Muffett in ihrer bienenhaften Emsigkeit, die wie das blasse Abziehbild einer Frau durch die Räume des Hauses eilte, Julian, dieses hassenswerte Geschöpf mit der triefenden Nase, Mr. Muffett mit der Whisky-Fahne, ja und natürlich Lady Gwendolyn und Sir Edward – sie unterbrach ihre Meditation und blickte mit angestrengter Aufmerksamkeit auf die Umrisse des gelben Hauses, das weit draußen am Talhang stand. Es hatte heute ganz unbewohnt ausgesehen, jetzt aber war es Stasi, als sähe sie Lichter von Fenster zu Fenster gehen. Vielleicht wohnte Ghostie dort, der Hausgeist der LeSargents? Sie fröstelte. Was für ein Unsinn, sie durfte sich nicht in diese lächerlichen Geistergeschichten hineinziehen lassen. Sir Edward hatte sicher recht: es gab für alles eine natürliche Erklärung.

Stasi ging entschlossen vom Fenster weg und in ihr Bett. Dann setzte sie sich noch einmal auf und dachte an die Narzissen, die Kirschblüten und Magnolienbäume: ein Traum, ein Fest der Augen ... daran wollte sie jetzt denken und nicht an Ghostie, den es nicht gab.

Sie legte sich wieder nieder. Schon halb im Schlaf fiel ihr Nannies seltsamer Kommentar zu Sir Edward wieder ein: *born with the silver spoon* – geboren mit dem Silberlöffel. Sie erfaßte die Worte, ihren Hintergrund und das, was sie nicht aussprachen.

Henry ... dachte sie dann, sich Sir Edwards Frage beim Supper entsinnend, und glitt tiefer in den Schlaf: wer war wohl Henry?

Ein Picknick-Tee im Grünen

Stasi stand in dem kleinen Raum, der an die Küche anschloß und hohe, bis zur Decke reichende Schränke für das Tafelporzellan enthielt. Sie putzte Silber.

Es war eine beschauliche Tätigkeit, und Stasi freute sich über alle schönen Dinge, die durch ihre Hände gingen: über die schweren Löffel, deren Stielenden ziselierte Rosen bildeten, die mit Weinblättern geschmückten Obstmesser und die Milchkännchen, deren Henkel von einem Fischleib gebildet waren.

Jetzt nahm sie die viktorianische Teekanne in die Hände, und während die Nachmittagssonne ihre Lichter in der silbernen Kannenwölbung tanzen ließ, dachte Stasi an den gestrigen Nachmittagstee, an dem mehrere Gäste teilgenommen hatten. Sie ließ die Kanne sinken und lachte.

Es war ein recht bewegter Tee gewesen, und Stasi hatte ihn genossen wie eine Komödie. Begonnen hatte er damit, daß Lady Gwendolyn, während Stasi den Tisch deckte, mit dem süßesten aller Lächeln bei Nannie in der Küche erschienen war, um ihr in scherzhaft munterem Ton drei unerwartete Gäste anzukündigen. In den kommenden Wochen konnte Stasi feststellen, daß Lady Gwendolyn ein Talent hatte, unterwegs Gäste aufzuspüren, sie impulsiv einzuladen, zum Tee, aber auch zum Lunch oder zum Dinner. Sie las die Gäste gleichsam von der Straße auf und schien stets das Glück zu haben, interessante Leute zu treffen. Vielleicht war ihre generöse Gastfreundschaft auch von dem Umstand mitbestimmt, daß ja nicht sie es war, die hastig Tische umdecken und zusätzlichen Kuchen, Pasteten und Marmeladetörtchen aus dem Boden stampfen oder aus dem Ärmel schütteln mußte.

Nannies grimmiges Gesicht nahm nach der Ankündigung den Ausdruck der kornischen Küste bei Sturmwarnung an. Mit steinerner Miene ging sie zu einer ihrer unerschöpflichen Blechdosen und entnahm ihr einen dunklen zimtduftenden Früchtekuchen, der nun zusätzlich ins Gefecht geworfen wurde.

Lady Gwendolyn blieb wenig Zeit, Nannie zu versöhnen: mit vertraulich schwesterlicher Stimme berichtete sie ihr, daß es ihr endlich gelungen sei, die Vorsitzende des Klubs zum Schutze des Efeus einzuladen, eine reizende und vielbeschäftigte Dame, denn der Efeu im feuchten England wuchs kräftig, und natürlich hatte sie, Lady Gwendolyn, überlegt, wen sie dazubitten könnte, und war – was für eine gute Idee, Nannie, nicht wahr? – auf den Vorsitzenden des Klubs zum Schutze des britischen Rotkehlchens, des vielgeliebten *Robins,* verfallen. Die beiden würden sich sicher glänzend verstehen.

Nannie nahm die Mitteilungen mit ehernem Schweigen zur Kenntnis, ihr war es im Prinzip gleich, wer den Früchtekuchen aß, und dann strömten auch schon die Gäste mit einem Schwall heiterster Begrüßungsfloskeln durch die Haustür in die Diele.

Sir Edward, der fleißig im Park gearbeitet hatte, ahnte nichts Böses und wollte gerade friedlich zur Hintertür hereinkommen. Es gelang ihm jedoch noch rechtzeitig den Kopf zurückzuziehen und, während die Gäste in die Lounge schritten, hastig die Treppe in den ersten Stock zu gewinnen, wo er sich unter erbittertem Gemurmel ein frisches Hemd anzog und eine Krawatte umband. Stasi begegnete ihm, als sie mit den Kuchentellern durch den Vorraum ging.

»Wieder einmal fremde Leute im Haus, ich weiß nicht, warum immer jemand kommen muß. Wir könnten ein so gutes Leben haben.« Er seufzte und öffnete Stasi die Tür.

Es war ein Glück, daß sowohl die Vorsitzende zum Schutze des Efeus wie auch Lady Gwendolyn, und auf der andern Seite des Tisches Sir Edward mit dem Klubvorstand zur Pflege britischer Rotkehlchen und einem dritten Gast so sehr ins Gespräch vertieft waren, daß niemand auf Stasi achtete oder von ihr die Entfaltung englischer Sprachkenntnisse erwartete. So konnte sie in aller Ruhe ihre Beobachtungen anstellen.

Die würdige Dame des Efeuklubs trug einen ausladenden violetten Hut, dessen üppige Flora unter den Schallwellen seiner Trägerin zitterte und schwankte und sich mit ihrem liebenswürdigen Kopfneigen und -drehen dahin und dorthin wandte. Fasziniert blickte Stasi auf diese grünsamtene Blumenpracht, einen solchen Hut hatte sie in Österreich noch nie gesehen.

Die Dame brach plötzlich mitten im Gespräch ab und spendete Stasi ein mildes Lächeln, unter dem die solide Weiß-Rot-Schicht ihres Gesichtspuders kleine Risse bekam: »Sie sehen mich so eindringlich an, liebes Kind – gefällt Ihnen mein Hut?« Und zu Lady Gwendolyn: »Ich gehöre neuerdings auch dem Klub der *Do-it-yourself-*Leute an, und während die Herren heuer kleine Gartenstühle zim-

Die Vorsitzende zum Schutz des Efeus

mern, haben sich die Damen auf die Herstellung künstlerischer Hüte spezialisiert.«

Lady Gwendolyn und Stasi beeilten sich gleichzeitig zu versichern, wie außerordentlich gut ihnen der originelle Hut gefalle. Die Efeudame lächelte huldvoll:

»Ja – wo war ich stehengeblieben? Also da sagte ich zu Mr. Bonnyweather, Mr. Bonnyweather sagte ich, es muß etwas geschehen zum Schutz des Efeus, jetzt nachdem diese gräßlichen Leute einen Klub zum Schutz der Bäume gegründet haben und mit Gartenscheren durch das Land ziehen, oder einfach irgendwo im Grünen aus ihren Autos steigen und den Efeu von den Bäumen abschneiden. Man muß etwas tun, sagte ich zu Mr. Bonnyweather, es ist einfach nicht fair gegen den Efeu.«

Sie machte eine kleine bedeutungsvolle Pause, nahm die Teetasse und trank einen Schluck, während alle ergriffen schwiegen. »So kam es dann also zur Gründung des Klubs zum Schutze des Efeus in Großbritannien.«

»Großartig, meine Liebe!« sagte Lady Gwendolyn, »Sie haben sich unschätzbare Verdienste um die Erhaltung der ursprünglichen englischen Flora erworben. Nehmen Sie noch etwas Kresse?«

Stasi sah mit Erstaunen, wie die beherzte Dame große Mengen des vitaminträchtigen Krautes auf ihren Teller häufte und dazu hauchdünne Butterbrotschnitten aß.

Stasi selbst konnte sich jetzt und später nicht an die gute Kresse gewöhnen, die so grün und gesundheitsstrotzend allenthalben das englische Frühlingsmenü zierte.

Die Herren sprachen über Rotkehlchen und Narzissen und ihre Beziehung zueinander, soweit es eine gab, und Stasi, die die glückliche Fähigkeit besaß, abzuschalten, wenn ein Gespräch sie langweilte, hörte nur ein fernes Wortgeplätscher und blickte nachdenklich auf den schön gedeckten Tisch: das weiß-purpurne Wedgwood-Porzellan, der silberne Kuchenaufsatz und zwischen zwei flachen Narzissenschalen die Silbervögel.

Lady Gwendolyn goß stetig lächelnd Ströme schwärzesten Tees aus, Nannie reichte mit düsterem Gesicht den erforderlichen Nachschub an heißem Wasser und frischem Tee von der Küche herein, und auf die hauchdünnen schneeweißen Dreiecksbrote folgten kleine Mürbteigtörtchen mit Marmeladenfüllung, ein mit Walnüssen verzierter *Chocolate cake,* der Früchtekuchen und *Ginger biscuits.*

Der Vorsitzende des Klubs zur Pflege britischer Rotkehlchen erachtete es als seine gesellschaftliche Pflicht, nun auch einmal ein paar Worte mit der jungen Österreicherin zu wechseln. Er erläuterte ihr mit tiefer und wohlwollender Stimme die Bedeutung des *Robins*, des englischen Nationalvogels, und schloß gleich darauf ein kleines Kolloquium über die Nationalblumen Englands, Schottlands und Irlands an. Die verwirrte Stasi erriet glücklicherweise die Rose als das Symbol Englands, wußte aber nichts von der schottischen Distel und schon gar nichts vom irischen Klee.

Der Vorsitzende des Klubs zur Pflege des britischen Rotkehlchens

»Und dabei lieben die Schotten ihre Distel so sehr, daß sie der Nationalblume alljährlich ein repräsentatives Beet vor dem *Walter Scott Memorial* in der *Princess Street* in Edinburgh einräumen, zur Stärkung des nationalen Bewußtseins gewissermaßen«, warf Lady Gwendolyn mit leicht maliziösem Unterton ein.

»Österreichs Blume ist ja wohl das Edelweiß, nicht wahr?« wandte der Robinklub-Vorsitzende sich wieder an Stasi. Stasi war dessen gar nicht so sicher und wollte etwas einwenden, aber der werte Herr fuhr schon angeregt fort: »Natürlich, und ich erinnere mich dieses unvergleichlichen Films *A Sound of Music* – meine Frau hat ihn sieben Mal gesehen – und des herrlichen Liedes, das gewiß alle Österreicher oftmals singen«, und zu Stasis Entsetzen begann er mit sonorer Stimme jenes schmalzig gefühlvolle Filmlied zu singen, das von der Edelweiß-Atmosphäre so weit entfernt ist wie St. Pauli von einem Gletscher.

Die samtgrüne Flora auf dem violetten Hut der Efeudame begann bedenklich zu schwanken, sie setzte die Wedgwood-Teetasse mit einem kleinen Klirren ab und wandte ihr gerührtes Gesicht dem Vorsitzenden des Klubs zum Schutze britischer Rotkehlchen zu: »Ach, wie wunder-, wunderschön! Ich wußte gar nicht, daß Sie eine so gute Stimme besitzen.«

Der Vorsitzende brach ab, räusperte sich verlegen und bedauerte, daß seine Sangeslust ihn so ungebührlich aus den Bereichen englischer Selbstbeherrschung gelockt hatte. Er setzte erklärend hinzu, daß er Mitglied des gemischten Westcountry-Chores sei und man unlängst mit den Proben für Händels Messias begonnen habe. Die Efeuklubdame konnte sich indessen nicht so schnell beruhigen. Zu Stasi gewandt fuhr sie schwärmerisch fort: »Sie sind wirklich zu beneiden, liebe Miss Stasi. In einem Lande zu leben, dessen Wiesen übersät sind von Edelweiß, und niemand tut den unschuldigen Blumen etwas zuleide.«

Stasi schwieg. Sie wollte die gute Dame nicht enttäuschen und behielt daher für sich, daß sie, aus Ostösterreich stammend, noch nie im Leben ein Edelweiß an seinem Standort gesehen hatte, daß kaum ein Österreicher daran dachte, gleich mit Tagesgrauen in Gesang auszubrechen, und man in Österreich auch nicht, niemals, Schnitzeln mit Nudeln aß, wie jener Film *Sound of Music* die Welt irrigerweise glauben machte.

Es tat nichts, daß sie schwieg. Die Vorsitzende des Klubs zum Schutze des Efeus in Großbritannien war noch lange nicht zu Ende.

Ihr grübelnder Blick ging in die Ferne: »Aber es gibt noch ein anderes Lied – natürlich abgesehen von *The blue Danube,* das ja Ihre Nationalhymne ist, nicht wahr –, ein Lied, das man in Österreich immer singt. Warten Sie, ich kann es, ich habe es schon als junges Mädchen geliebt.« Und mit brüchiger tremolierender Stimme begann sie »Stille Nacht, heilige Nacht« zu intonieren.

Stasi blickte auf die Schale gelber Narzissen auf dem Tisch und hinüber zum Fenster, vor dem ein blühender Zweig der japanischen Nelkenkirsche hing, und antwortete mit abweisender Stimme: »Wir singen dieses Lied nur zu Weihnachten« – und auch dann eigentlich nicht zu unserem Vergnügen, wollte sie hinzusetzen, unterließ es aber. Es würde ohnehin niemand verstehen, was sie meinte. Sie bat um eine dritte Schale Tee, nahm ein *Ginger biscuit* dazu und fühlte sich plötzlich sehr einsam und in der Fremde.

Es blieb ihr aber kaum Zeit, ihren nostalgischen Gefühlen nachzuhängen. Timothy, der auf einem Lammfell vor dem Kamin im Nebenzimmer sanft und selig geschlummert hatte, ohne der Gäste ansichtig zu werden – er legte bewußt solche lange Schlafperioden zwischen seine aufreibenden Wachheitsphasen, um kein neurotischer Hund zu werden –, Timothy also war beim durchdringenden Gesang der Efeudame erwacht und kam raschen Schrittes herbeigeeilt.

Und nun erwies sich, daß die Liebe zum Efeu nicht unbedingt von Sympathien für Hunde begleitet ist. Die Vorsitzende des Efeuklubs zeigte sich ungewöhnlich ängstlich und verzagt, als Timothy ungesäumt auf sie, die Quelle jener schlafstörenden Gesänge zusprang, seine kräftigen Vorderpfoten in ihren Schoß stemmte und versuchte, ihr Gesicht zu lecken. Sie stieß ein jämmerliches, höchst unbritisches Gequietsche aus und rief ihren Sohn, der als dritter Gast manierlich an Sir Edwards Seite saß und sich einen Bericht über die Vor- und Nachteile des Tulpenzwiebelimports aus Holland anhörte, um Hilfe an. Jener erhob sich beflissen, um seiner bedrängten Mutter beizustehen. Es zeigte sich dabei, daß er ein Jüngling von ungewöhnlicher Länge und Schmalheit war, ja man konnte wohl sagen, daß er aussah wie der Abkömmling einer Giraffe, die sich in einem Anfall unbedachter Leidenschaft an einem Telephonmasten vergangen hatte. Dazu trug er ein längs gestreiftes Hemd. Sein Anblick war, schlicht gesagt, bizarr, und ließ sich nirgendwo in Timothys Weltbild einordnen. Er ließ von der Mutter des giraffenartigen Jünglings ab und kroch, während ihn Lady Gwendolyn mit jener vor Gästen gebotenen Zurückhaltung rügte, unter dem Tisch zu Stasi hinüber. Dort bekräftigte er die vor Tagen im Garten begonnene Freundschaft, indem er schutzsuchend und in ratlosem Entsetzen Kopf und Vorderbeine auf Stasis Schoß drängte, und, als dies ihm noch immer nicht die gewünschte Geborgenheit verschaffte, mühsam seine muskulösen Hinterbeine und das ausladende Hinterteil nachzog.

Da hockte er nun, eine gewaltige Fellkugel, verdeckte die arme Stasi vollständig und schnitt sie von der Teegesellschaft ab. Ein Schoßhund, dachte Stasi gerührt, und jene Zuneigung, unter Kirschblüten begonnen, stieg wieder in ihr auf, ein Schoßhund, nur leider fünf Nummern zu groß!

Stasi schrak schuldbewußt aus ihren Tee-Erinnerungen auf. Jemand kam den Gang herunter. Sie nahm hastig die viktorianische Silberkanne und polierte heftig ihre spiegelnde Wölbung. Sie war nicht sehr fleißig gewesen bis jetzt, weiß Gott. Da lagen noch alle die Schöpflöffel und Vorlegebestecke, das gesamte Fischbesteck und manches andere.

Die Tür öffnete sich, der junge Muffett stand da und warf einen langen hungrigen Blick auf das viele Silber. Stasi wurde es unbehaglich, sie stellte sich gleichsam schützend vor die Anrichte. Er sah sie kalt an: »Ist meine Mutter nicht da?«

»Nein«, entgegnete Stasi, »sie ist nachmittags doch nie im Haus. Wissen Sie das nicht?«

»Ich habe es vergessen. Jetzt erinnere ich mich, ja.« Er blickte noch einmal auf das Silber und trat mit einem Kopfnicken aus der Tür.

Stasi putzte nun mit großem Eifer, um ihr diffuses Unbehagen loszuwerden. Sie wollte an etwas anderes denken. Ihre Vormittagslektüre begann recht anregend zu werden. Heinrich der Achte, zwischen dem hastigen Abstauben all der unnötigen Dinge, die Madams Zimmer bevölkerten, jener Tudor-Heinrich war schon ein schlechtes Gewissen wert.

Das Verhältnis zu Katharina von Aragon hatte sich getrübt. Nun war Heinrich nicht mehr der sanfte freundliche Gemahl, der die Laute zupfte, Liebeslieder komponierte und der kleinen Prinzessin Mary ein guter Vater war, jetzt wurde der König, was er später blieb, ein harter Mann. Der Faun spitzte die Ohren hinter dem purpurnen Seidenwams und hörte bereits das Lachen Anne Boleyns, und immer öfter verirrten sich des Königs Augen zum schwanenweißen

Hals des jungen Hoffräuleins, zu ihrem perlendurchflochtenen Haar und weiter zu dem bestickten Ausschnitt ihres weitärmeligen Kleides. Es wehte ein neuer Wind bei Hof, die Gesandten Frankreichs und Spaniens bekamen das auch zu spüren und prophezeiten eine harte Zeit ...

Die Tür öffnete sich diesmal so plötzlich und geräuschlos, daß Stasi ein Fischmesser fallen ließ und Mühe hatte, Heinrich den Achten samt seinen Frauen schnellstens aus ihrem Bewußtsein zu verbannen.

Es war Lady Gwendolyn, die sehr leise gegangen sein mußte. Rasch warf sie einen Blick auf das ungeputzte Silber und teilte Stasi mit, daß man heute, bei diesem wundervollen Wetter – es hatte bis jetzt nur drei kleine Schauer zwischen ansonsten blauem Himmel gegeben –, ein Picknick-Supper, also ein Abendessen im Grünen, plane.

Erfreut ließ Stasi das letzte Fischmesser sinken und begann unter Anleitung Lady Gwendolyns Körbe aus dem obersten Regal zu räumen sowie Thermosflaschen, Dosen und andere Behälter, die diverse Salate und kaltes Fleisch aufnehmen sollten, während Nannie in der Küche schon stetig wachsende Dreiecksschnitten mit Butter bestrich und aufeinandertürmte.

Eigene Picknick-Teeschalen und -löffel wurden eingepackt, Servietten, kleine Teller, Tischtücher sowie aufblasbare Gummipolster, vorsorglich für feuchtes Gras gedacht, daß man nicht im Nassen sitze, was die Picknick-Freude beeinträchtigt hätte.

Mit Staunen verfolgte Stasi alle diese aufwendigen Bemühungen für ein mit lückenlosem Komfort ausgestattetes Mahl im Freien, und es hätte sie nicht gewundert, wenn auch noch die schweren Tafelleuchter eingepackt worden wären. Stasi wußte nicht, daß sie einer der charakteristischesten Äußerungen englischer Daseinsfreude zusah, jenem unerklärlichem Trieb, der alle Engländer von Zeit zu Zeit veranlaßt, sich mit unbequemen Körben und Taschen in unbequeme Fahrzeuge zu klemmen, an einem dafür bestimmten Ort all das Zeug herauszuzerren, kilometerweit an eine abgelegene Stelle im Grünen zu schleppen, Tassen und Teller auf abschüssige und ameisenverseuchte Wiesen- und Waldplätze zu stellen, das zweifelhafte Vergnügen einer auf den Knien balancierten Schale schwärzlichen Tees, dessen Milch man zu Hause vergessen hat, zu genießen, um beim nächsten Regen alles wieder hastig zusammenzupacken und zum Auto zurückzuschleppen.

Stasi wußte also nicht, welch einen historischen Augenblick sie durchlebte, als sie nun zum Auto ging, während Nannie, zum ersten Mal seit sie sie kannte mit dem Ausdruck schrankenloser Befriedigung auf dem hageren Gesicht, dem Auszug der Familie zusah. Sir Edward saß schon hinter dem Steuer, neben ihm Lady Gwendolyn und ihr zu Füßen Jonathan, der es verstand, fast gar keinen Platz einzunehmen und auch sonst niemandem auf die Nerven zu fallen.

Auf dem Rücksitz machte sich Julian breit, grinste mit allen seinen Sommersprossen und schwenkte ein recht dubioses Taschentuch. Neben ihm thronte Timothy, der es bereits in den wenigen Minuten zustande gebracht hatte, den Fond des Wagens gänzlich zu verschmutzen – er mußte kurz vor dem Einsteigen wieder seinem heimlichen Laster, dem Graben nach Mäusegängen im Garten, gefrönt haben –, und neben ihm waren kaum noch fünf Zentimeter Platz. Dahin nun wies man Stasi, die auch noch einige Schottenplaids aufgebürdet bekam, und sie drängte sich gegen Timothys zottige Hinterbeine, was ihn bewog, eine Drehung von dreihundertsechzig Grad vorzunehmen. Sein Schwanz und Hinterteil wischten über Lady Gwendolyns Nacken, während seine Vorderbeine in Julians Bauch traten. Julian, froh über den gegebenen Anlaß, schrie auf wie ein angestochenes Wildschwein und stieß Timothy auf Stasis Schoß.

Sir Edward startete den Wagen: »Alles in Ordnung – können wir fahren? Nichts vergessen?«

»Natürlich können wir fahren, mein Lieber, und je schneller desto besser! Außerdem war deine Frage rein rhetorisch, denn du würdest doch niemals anhalten oder gar umkehren, wenn ich etwas vergessen hätte«, antwortete Lady Gwendolyn spitz.

Sir Edward warf einen raschen Seitenblick auf seine Gattin, wollte etwas erwidern, besann sich aber eines Besseren, gab ein bißchen zuviel Gas und brauste die Auffahrt hinunter.

Neben dem Tor arbeitete Muffett eine Nuance zu heftig an einem narzissengesäumten Beet. Das schöne Bild stetigen Fleißes wurde leider getrübt durch den Flaschenhals, der aus Muffetts Hosensack ragte. Er legte grüßend eine Hand an seine schmierige Mütze, und Sir Edward nickte zurück.

»Wetten, daß der Kerl den Spaten weglegt, bevor wir noch auf die Hauptstraße kommen!« murmelte er mehr zu sich selber.

»Du bist selbst daran schuld, mein Bester! Wenn du nicht imstande bist, ihm seine Faulheit und Trunksucht auszutreiben, hättest du ihn eben schon lange vor die Tür setzen sollen.«

Mr. Muffett

»Du weißt so gut wie ich, daß ich niemanden andern bekomme«, sagte Sir Edward, und der Ton seiner Stimme verriet Stasi, daß dieses Thema nicht zum ersten Mal zur Sprache kam.

»Ja, ja, ich weiß, und ich will auch nichts mehr davon hören! Schließlich sind die Anforderungen, die die Führung des Haushalts an mich stellt, ohnehin schon mehr, als meinem Herzen zuträglich ist. Ich kann mich nicht auch noch um deine Gartenprobleme kümmern.«

»Niemand verlangt es von dir, meine Liebe!« Sir Edward blickte sehr gerade auf die Straße, und es war, als fiele eine Maske über sein Gesicht. Madam war intelligent genug, das Thema zu wechseln: »Hast du die Morgenpost durchgesehen? Immer noch keine Nachricht von Henry?«

»Nein«, Sir Edward schnitt kühn eine Kurve und fuhr in schönem Tempo durch einen Buchenwald, an dessen wehenden Zweigen Silberknospen niederrannen wie schwere funkelnde Wassertropfen. Da und dort hing schon die Ahnung eines Grüns über den Bäumen.

»Ich weiß nicht mehr, was ich davon halten soll«, seufzte Lady Gwendolyn, setzte eine Sonnenbrille auf, schlang ein schützendes Tuch über ihren breitrandigen Hut und versank in Schweigen.

Sir Edward hätte seine Wette gewonnen, denn unverzüglich hatte Muffet den Spaten an die Toreinfahrt gelehnt und sich erst einmal lange und kräftig aus der Flasche für die Unbilden der Arbeit entschädigt, bevor er sich hinter der immergrünen Stechpalmenhecke einen geschützten Platz zum Schlafen aussuchte. Dieser schöne Tag war nicht nur für Picknicks geeignet.

Inzwischen hatte sich Timothy endgültig auf Stasis Schoß zur Ruhe gelegt, er war schwer und strahlte die Wärme eines soliden Kachelofens aus, aber Stasi fühlte sich zu ihrem eigenen Erstaunen weder bedrängt noch erhitzt, sondern fand es schön, Timothy zu halten und ihn ab und zu zwischen den Ohren zu kraulen, dort, wo sein lohbraunes Fell so weich und gelockt war wie die Wolle eines Lammes. Sie genoß die Fahrt durch die weiten schwingenden Hügel des Westens, der *rolling hills,* und es tat ihr fast leid, als der Wagen vor der Schloßruine von Culworth hielt, deren Park sich in einer baumbekränzten Rasenarena zum Meer hin auftat.

Sir Edward öffnete eine Wagentür, und allen voran stob Timothy hinaus, nachdem er Julian noch einen kräftigen Tritt in den Bauch versetzt und sich so über die Vordersitze ins Freie katapultiert hatte.

»Dieser Hund ist nie richtig erzogen worden«, klagte Lady Gwendolyn und schälte sich langsam von ihrem Sitz. Jonathan folgte mit lebhaften klugen Augen allen Bewegungen seiner Herrin, und nachdem sie endlich das Auto verlassen hatte, schickte auch er sich an, seinen niedrigen langen Korpus still und manierlich hinauszuschlängeln. Stasi half Sir Edward die Körbe aus dem Kofferraum zu räumen, während Madam bereits auf die schimmernde smaragdgrüne Rasenfläche hinausgeschlendert war und sich prüfend nach einem geeigneten Picknick-Platz umsah. Es war sechs Uhr, die Sonne stand noch hoch, und der beginnende Abend versprach über die Maßen schön zu werden. Nachdem man sich endlich über eine Stelle geeinigt hatte, die für Lady Gwendolyns Herz weder zu heiß noch zu kalt, zu windig oder zu feucht war, stellte man erleichtert die Körbe ab, breitete die Decken aus, und während Madam daranging, sich mit Hilfe ihrer Plaids und Schals einen angemessenen Ruhesitz zu bauen, ging Sir Edward ein wenig über den Rasen, blieb endlich stehen und zündete sich heiteren Angesichts, die Augen dem opalfarben schimmernden Meer zugewandt, seine Pfeife an.

Jonathan lag zu Füßen seiner Herrin, unauffällig darauf bedacht, daß sein Bauch noch auf das Ende des angenehm weichen Kaschmirschals zu liegen kam, Timothys goldgeränderte Silhouette stand vor der Sonne, er hob prüfend sein schönes Haupt, und von Julian war erfreulicherweise vorderhand nichts zu sehen.

Lady Gwendolyn zog einen kleinen Briefblock aus ihrer Tasche und begann sich seufzend einer ihrer schweren gesellschaftlichen Pflichten zu unterziehen, die darin bestand, in allen Lebenslagen kleine belanglose Briefe an ihre unzähligen Freunde und Bekannten zu schreiben, die jene wiederum mit einer Flut kleiner belangloser Briefe beantworteten. Sie alle auch nur flüchtig zu lesen, nahm schon einen Teil des Vormittags in Anspruch.

Das Picknick schien also nicht unmittelbar bevorzustehen, und Stasi benützte freudig die Gelegenheit, diesen zauberhaften Ort allein zu erforschen. Timothy war mit ein paar raschen Sprüngen an ihrer Seite und begleitete sie, folgte ihr zu der grauen Steinruine des Schlosses, einem schönen schlichten Tudorbau, aus dessen Fensterrahmen ein Ahorn seine Zweige streckte. Das verfallende Haus stand in seltsamem Kontrast zu dem vorbildlich gepflegten Rasen und den kostbaren Bäumen und Sträuchern, die ihn säumten. Eine große und ergreifende Stille lag über dem Ort, eine Stille, die die Vogelrufe und das Schwirren von Flügeln in sich auftrank wie ein tiefer

Brunnen. Eine leichte Brise wehte den unverwechselbaren Atem des Meeres, jene salzig würzige Luft über den Rasen, und geblendet vom Sonnenglanz über dem Wasser schritt Stasi neugierig auf einen hellroten Farbfleck zu, der das Grün der Stechpalmen an einer Stelle des Baum- und Buschgürtels unterbrach.

Und dann stand sie tief atmend vor dem ersten blühenden Rhododendron ihres Lebens, und eine ahnungsvolle Freude ergriff sie. Das war nicht etwas von der Größenordnung eines Blütenstrauches oder von der Art einer Freilandazalee, wie man sie in Österreich, von Torfmull umhätschelt, allenfalls in einem Garten ziehen kann, nein, das war ein strauchartiger Baum, ein Blütenwall, eine rosenfarbene Wolke mit zahllosen übereinander aufwachsenden Blütenpyramiden, die noch nicht voll geöffnet waren. In einer Woche würde man wohl nichts mehr von den immergrünen Blättern sehen, nichts mehr als eine zehn Meter tief fallende breite Blütenkaskade aus brennendem Rot.

Stasi hatte nicht bemerkt, daß Sir Edward gekommen war: »Gefällt Ihnen dieser Rhododendronstrauch? Neu für Sie, nicht wahr?« Und als Stasi nicht antwortete, fuhr er fort: »Eine besonders frühe Sorte, und dazu kommt noch dieser geschützte Platz. Warten Sie noch vier Wochen, dann blühen die wilden Rhododendren auf dem Hang hinter Silverdale-House, und natürlich alle die Edelsorten im Park. Dann werden wir den Park, wie in jedem Jahr ein paar Tage für Besucher öffnen – Sie wissen ja, für die *Royal Society for Prevention of Cruelty* ...«, er brach ab und und räusperte sich.

Stasi hatte höflich zugehört, aber die Worte waren von ihr abgeronnen wie Wasser von Entenfedern. Schon als Kind besaß sie die glückliche Gabe, ihre Freuden mit ungeteilter Hingabe und jeder Faser ihres Daseins in sich aufzutrinken, so daß sie ihr für später erhalten blieben, dreidimensional und leuchtend und von der hinschwindenden Zeit völlig unberührt. Diesen Rhododendron würde sie nie vergessen. Sie wußte nicht, daß seine in der sanften Meeresbrise erwachenden Zweige ein ahnungsvolles Präludium für ihr künftiges Leben rauschten.

Madams Stimme, in der wieder jene unerreichte Mischung aus Vorwurf und Rüge schwang, rief das Finale für Stasis kleines Blütenfest über den Rasen: »*Suppertime!* Ich habe nicht Lust, hier ewig bei meinen Briefen zu sitzen.«

Sir Edward, der sich gerade eine neue Pfeife stopfen wollte, ließ diese sinken, und mit einem ärgerlichen Laut, den er aber sofort verschluckte, trabte er dem Picknick-Supper entgegen. Stasi erreichte noch vor ihm den Platz, wo Madam wie eine ungnädige Königin auf ihrem Platz thronte.

»Ach Stasi, räumen Sie doch das Teegeschirr heraus, und stellen Sie für jeden eine Tasse mit Teller und Besteck auf die Decke, und sehen Sie doch einmal nach, wo um Himmels willen Nannie das Käsemesser hingetan hat! Im kleinen Korb, wo es sein sollte, ist es nicht. Ich frage mich wirklich manchmal, ob Nannies bescheidene geistige Kapazität in den letzten Jahren nicht noch nachgelassen hat. Und diese unglückseligen geplatzten Verlobungen machen sie noch verworrener.«

Sie atmete tief durch und wickelte das hauchdünn geschnittene Roastbeef aus der Folie: »Das ist alles recht ärgerlich und mühsam. Aber wir kommen jedes Jahr im Frühling ein paar Mal nach Culworth zum Picknick. Zumindest kann man hier noch sitzen und in Frieden seine Mahlzeit verzehren – ich meine, ohne daß einem alle diese gräßlichen Leute, die die Seebäder und Meeresbuchten unsicher machen, mit Transistoren und Coca-Cola-Flaschen über die Füße stolpern. Culworth liegt zu entlegen für den Geschmack der meisten, und dieser Umstand wird es noch für eine ganze Weile als Picknick-Platz erträglich bleiben lassen.«

Stasi hatte inzwischen das Käsemesser gefunden, das ordentlich in eine Serviette gewickelt neben dem Cheddarkäse lag. Sie reichte es schweigend an Lady Gwendolyn, die fortfuhr ihre Anweisungen zu erteilen: »Edward, würdest du das Brot schneiden, und suche doch bitte mein Diät-Lezithinbrot, wenn Nannie nicht vergessen hat es einzupacken wie letztes Mal.« Nannie hatte es nicht vergessen, und es wurde Madam allsogleich ausgefolgt.

»Ja und wo ist denn Julian? Nicht, daß ich ihn sonderlich vermißt hätte – es ist immer ein Segen, wenn man dieses Kind gerade nicht hört und sieht, nicht wahr, Edward –, aber jetzt sollte er doch kommen, sonst wird sein Tee kalt.«

Sir Edward rief also in die vier Himmelsrichtungen, gegen die hellgraue Steinfassade der Schloßruine, die ein leises Echo zustande brachte, gegen das Meer, das nun mit dem zunehmenden Abend zu einer gleißenden Silberschmelzwanne wurde, und gegen den vogelumschwirrten Busch- und Baumgürtel. Man wartete ein wenig, aber nur die Vogelrufe drangen aus dem grünen Dickicht, und eine Fülle von goldenem Licht sickerte durch die wachsartig glänzenden Blätter.

Lady Gwendolyn teilte ärgerlich das Roastbeef aus, stellte die Salatschüssel in die Mitte der Decke und bezweifelte wieder einmal, ob ihr Herz durchhalten würde bis zu jenem heißersehnten Zeitpunkt, wo Julian endlich, endlich in die Mittelschule und damit ins Internat kommen würde, in eines jener kundigen und altehrwürdig renommierten Institute, wo man zweifellos imstande sein würde, aus dieser mißliebigen Rotznase so etwas wie einen englischen Gentleman zu machen.

Auf dieses Stichwort teilten sich die Büsche in der unmittelbaren Nähe der Picknickgesellschaft, und Julian, mit rotem erhitztem Gesicht, die wasserblauen Glotzaugen vor Aufregung weit aufgerissen, stürmte auf die Szene. Von seinem ausgestreckten Arm baumelte ein totes Kaninchen, das er triumphierend vor die Kaschmirschals seiner Mutter legte. Dort verbreitete es sofort einen ekelhaft süßlichen Geruch. Die Leiche schien nicht mehr ganz neu zu sein.

»Sieh nur, Mammy, was ich gefunden habe!« Das Entzücken im Gesicht des jungen Wassermannes war echt, und keinerlei Bosheit lag in seinem Grinsen. Stasi tat er leid, trotzdem mußte auch sie sich eingestehen, daß ihr von dem Geruch übel wurde.

Lady Gwendolyn legte einen Zipfel des obersten Schals vor Nase und Mund, und mit der vollendeten Geste einer Tragödin im dritten Akt wies sie die ganze Scheußlichkeit von sich. Sir Edward war rasch aufgesprungen, hieß Julian das Kaninchen wieder nehmen und ging mit ihm hinter die Schloßruine, wo er den Kadaver mit schweren Steinen sicherte.

Timothy, der freudig der eiligen Gruppe gefolgt war – er fand den Geruch sehr anregend –, kam enttäuscht zurück und ließ sich entsagungsvoll neben Stasi niederplumpsen. Jonathan, der ihm unentwegt mit den Augen gefolgt war, schien tief befriedigt. Auch er hatte sekundenlang mit der Versuchung gekämpft, dem schönen Geruch nachzulaufen, hatte sich aber doch für das Verweilen auf dem warmen Kaschmirschal entschieden, und wie der Gang der Ereignisse nun gezeigt hatte, war er wieder einmal der Klügere gewesen. Mit einem sehr menschlichen Ausdruck von Genugtuung in den lebhaften schwarzen Augen blickte er auf den wuscheligen Timothy.

Julian aß inzwischen reichlich und laut, zu seinem Entzücken konnte er von allen Seiten zusätzliches Roastbeef bekommen, denn den anderen war ein wenig der Appetit vergangen. Seine Nase rann, wie immer während des Essens, und er machte keine Anstalten, sie auch nur notdürftig zu säubern.

»Julian, abscheuliches Kind, nimm doch um Himmels willen dein Taschentuch!« Madam sah so leidend und angewidert als möglich aus. Julian durchwühlte heftig alle Taschen seiner mitgenommenen Kniehose: »Ich muß es verloren haben, als ich das Kaninchen aufhob, Mammy«, antwortete er und zog die Luft kräftig in die Nase hoch. Sir Edward reichte seinem jüngsten Sproß schweigend ein Taschentuch. Mit einem dankbaren Lächeln, das zwischen den vielen Sommersprossen immer ein wenig zum Grinsen wurde, nahm er es und schickte sich an, einen seiner gefürchteten Schneuz-Exzesse zu eröffnen.

»Nicht hier, Julian, nicht hier«, sagte Lady Gwendolyn mit schwacher Stimme. Der junge Wassermann trat gehorsam fünf Schritte zurück, etwa jene Distanz, die der im Speisezimmer zu Hause entsprochen hätte, und schneuzte sich in lauten Trompetentönen, die sich unvorteilhaft gegen die abendliche Melodie der Vogellieder abhoben.

Inzwischen hatte Lady Gwendolyn die Maulbeertörtchen ausgewickelt, dazu gab es Ananas-Kompott, das die gute Nannie in vier verschließbare Becher gepackt hatte. Sir Edward tat in seinen noch einen Schuß Gin, was von Madam mit mißbilligenden Blicken registriert wurde.

Es war inzwischen acht Uhr abends geworden, und die Sonne stand noch weit überm Horizont. Gerade als man beginnen wollte, alle die Teller und Tassen und die Reste der Mahlzeit wegzuräumen, tauchte ein Reiter am Rande der Rasenarena auf. Er kam vom Meer her, und die Sonne zeichnete einen goldenen Rand um Pferd und Reiter. Suchend blickte er um sich, ritt dann rasch an der Schloßruine vorbei, warf plötzlich sein Pferd herum, als hätte er sein Ziel gefunden und kam in scharfem Galopp gegen die sitzende Picknickgesellschaft gesprengt.

Er schien nicht gesonnen, vor ihr haltzumachen, und unwillkürlich stieß Stasi einen kleinen Schreckensschrei aus. Dazu kam das Anschlagen der Hunde, die beide aufgesprungen waren und wie verrückt zu bellen begannen. Gerade als Stasi meinte, der Unbekannte würde sie alle niederreiten, riß er sein Pferd zurück, daß es sich aufbäumte und kleine Torf- und Grasbrocken auf die Decke stieß. Mit ein paar Worten brachte er das Pferd zum Stehen, und wie eine Stahlfeder schnellte er aus dem Sattel und stand vor der versteinerten Gruppe. In die plötzliche Ruhe hinein sagte Sir Edward in seiner trockenen und unerschütterlichen Art: »Na Henry, ein recht wirkungsvoller Auftritt war das und reichlich überraschend. Hättest du uns nicht über den Zeitpunkt deiner Rückkehr informieren können? Deine Mutter und ich waren schon in Sorge. Setz dich jetzt, ich nehme an, du wirst hungrig sein.«

Lady Gwendolyn hatte die Sprache wiedergefunden: »Henry, wie gütig von dir, uns nicht alle in Grund und Boden zu reiten! Ist es dir völlig entfallen, daß ich ein schwaches Herz habe? Solche Dinge könnten mein Tod sein!«

»Hallo Mutter! Nett dich wiederzusehen! Du hast dich gar nicht verändert!« Henry, schlank, groß, mit spöttisch kühlen blauen Augen und einem provokanten hellen Haarschopf beugte sich lächelnd zu seiner Mutter nieder und küßte sie leicht auf die Wange: »Und was dein Herz betrifft: Ich bin sicher, es wird noch im Jahr zweitausend kräftig und regelmäßig schlagen und so unverwüstlich sein wie guter schottischer Whisky: *still going strong.*«

»Nun, das bezweifle ich sehr«, antwortete Madam ärgerlich, »und ganz sicherlich werde ich das Jahr zweitausend nicht erleben, wenn ihr nie Rücksicht auf meinen Gesundheitszustand nehmt, und Julian, das schreckliche Kind, fortfährt, halbverweste Kaninchen zwischen unsere Roastbeef-Teller zu legen.«

Nun lachten sie alle, während die Hunde winselnd und jaulend an Henry hochsprangen. Lady Gwendolyn hielt sich die Ohren zu: »Ruhe jetzt! Das hält doch kein Mensch aus. Jonathan, du kleiner Idiot, setz dich sofort nieder!« Jonathan gehorchte auf der Stelle und kroch schuldbewußt auf den Kaschmirschal zurück.

»Timothy – Timothy, Platz ... Plaaaatz!! Es ist hoffnungslos!« Und zu Stasi: »Timothy ist ein Begrüßungsspezialist. Er überschlägt und zerfranst sich vor Wiedersehensfreude. Er verliert völlig den Verstand und gibt sich ungehemmt seinen Freudenexzessen hin. Wir könnten Timothy gegen Geld verleihen, als professionellen Begrüßer und als eine Art Gegenstück zu den berufsmäßigen Klageweibern.« Lady Gwendolyn brach ab, als sie Henrys fragenden Blick bemerkte, der auf Stasi gerichtet war: »Und das, Henry, ist Miss Stasi, die junge Österreicherin, die ein paar Monate bei uns bleiben wird, um ihre Sprachkenntnisse abzurunden. Sie hat weder Angst vor Timothy noch vor Ghostie.« Und offenbar auch keine Angst vor meiner Mutter, schien Henrys amüsiert forschender Blick zu sagen, während seine Hand nun langsam und kräftig Stasis Rechte umschloß.

Wem sieht er ähnlich, dachte Stasi und scheuchte mit ihren Gedanken eine leise Verwirrung fort, er ist nicht wie sein Vater und Gott sei Dank gar nicht wie seine Mutter, er ist etwas völlig anderes. Ich weiß nicht, ob ich ihn sympathisch finde. Ich glaube, er ist ein bißchen zu selbstbewußt. Und er sieht sehr englisch aus.

Nachdem er seinem Pferd eine Decke umgeworfen hatte, setzte Henry sich, er erzählte, daß Nannie ihm Auskunft über das Picknick gegeben habe, und er, müde des langen Fluges und der anschließenden Autofahrt, kurz entschlossen hergeritten sei. Stasi packte unterdessen noch einmal das Roastbeef und den Käse aus, es war auch noch Salat da, und während er lässig ein Brot belegte, fand Henry Zeit für seinen jungen Bruder: »Hallo Julian, noch immer knapp an Taschentüchern? Und was macht die Seeschlacht bei Trafalgar? Inszenierst du sie immer noch im Badezimmer? Du solltest einmal auf Hastings umsteigen! Wilhelm der Eroberer war für meinen Geschmack ein noch tollerer Bursche als der gute alte Nelson.« Sein Blick streifte Stasi, die ihm eine Schale Tee eingoß.

»Warst du schon auf der Koppel?« fragte Sir Edward seinen Sohn. »Prometheus macht sich gut heraus, nicht wahr! Er wird der schönste Stier, den wir in den letzten fünf Jahren gezüchtet haben.«

Henry trank einen Schluck Tee: »Ja, natürlich war ich gleich dort. Ich war doch gespannt zu sehen, ob er diese leichte Verstauchung des rechten Hinterbeines verloren hat. Er wird ganz prächtig und ist meine große Hoffnung für Australien und Neuseeland.«

Im Verlauf des Gespräches hörte Stasi, daß man in dieser erstaunlichen Familie nicht nur Narzissen und Rhododendren rund um einen historischen Ansitz mit Hausgeist hegte, sondern auch, den modernen Erfordernissen Rechnung tragend, Stiere züchtete, die hohe Verkaufssummen erzielten. Henry war, wie Stasi bald merkte, die treibende Kraft dabei. Er war ehrgeizig und tatkräftig und ein Stück tüchtiger als Sir Edward, der offenbar noch zu sehr im Zeichen des angeborenen Silberlöffels lebte.

Vogellieder sickerten durch die goldgetränkten Bäume und die Sonne stand nun knapp über dem Horizont. Bald würde sie hinter jener dünnen Linie versinken, die den hellen Abendhimmel von der metallenen Schale des Meeres schied. Dann würde es etwa halb zehn Uhr abends sein.

Wie schön, dachte Stasi, wie wunderbar und aufregend diese langen hellen Abende, soviel mehr Zeit für den Frühling, der immer weitere Kreise der Schönheit zieht: über Narzissenfelder und japanische Kirschbäume bis zu der märchenhaften Pracht der Rhododendren, die in den Frühsommer überleiteten. Und Stasi mußte wieder an die halb geöffneten Magnolienblüten denken, an jene Allee alter Magnolienbäume rechts und links der steinernen Freitreppe vor dem leeren gelben Haus im Park. Sie würde hingehen, sooft sie konnte. Und plötzlich spürte Stasi, daß sie England zu lieben begann.

»Kann ich noch eine Schale Tee haben?« fragte Henry mit jener leicht amüsierten, ein wenig spöttischen Stimme, die Stasi gleich irritiert hatte, und während sie ihm nachschenkte, registrierte sie mit Unwillen, daß seine Augen forschend auf ihr ruhten.

Man kam spät nach Hause, allseits erschöpft und müde, und nachdem man Geschirr, Körbe und Decken sowie die beiden Hunde an Nannie zurückerstattet hatte, zog sich jedermann nach abschließenden Kommentaren über das gelungene Picknick im Grünen und den unvermeidlichen Gutenachtwünschen in sein Zimmer zurück.

Es sollte indessen keine ruhige und bekömmliche Nacht werden. Bereits nach etwa drei Stunden wurden die Schläfer von einem unüberhörbaren dumpfen Gepolter, dem ein scharfes Klirren zerbrechender Gegenstände folgte, aus ihrer Ruhe gerissen.

Der Lärm kam ganz deutlich aus Sir Edwards Arbeitszimmer, und dahin eilten nun, notdürftig und hastig in Schlafröcke gehüllt, die Bewohner des Hauses Silverdale. Sir Edward in einem Morgenrock, der das Tartanmuster der MacDonalds zeigte – eines schottischen Clans, dem er durch eine Verwandtschaft mütterlicherseits nahestand –, war als erster zur Stelle und schaltete rasch das große Deckenlicht des Zimmers ein: da, vor dem ausladenden Marmorkamin lag in tausend Scherben eine Schale, in der Lady Gwendolyn Früchtebonbons für unerwartete Besucher aufzubewahren pflegte, und daneben, was viel beklagenswerter war, ruhten die Reste einer unersetzlichen chinesischen Vase, die unangefochten die letzten hundertfünfzig Jahre am Kaminsims überdauert hatte.

»Wie schrecklich«, jammerte Lady Gwendolyn, das Spitzengeriesel ihres malvenfarbenen Schlafrocks wie eine schaumgeborene Venus hinter sich nachziehend, und kniete neben der verschiedenen Vase nieder, als wäre es die Bahre eines Angehörigen: »Und der Inspektor der Königlichen Porzellan-Sammlung hat sich noch unlängst dafür interessiert! Hätte ich sie ihm doch gegeben, er hätte jeden Preis gezahlt.«

»Das war Ghostie«, murmelte Nannie und drehte ihre dünnen

Haarsträhnen erbittert zu einem kleinen unordentlichen Knopf zusammen, »das zweite Mal innerhalb so kurzer Zeit, das bedeutet nichts Gutes!« Sie verstummte unheilschwanger.

»Unsinn!« murmelte Sir Edward und ging zum Fenster hinter dem Schreibtisch, an dem sich ein Vorhang leicht bauschte: »Und wer hat dieses Fenster offengelassen?«

»Aber das ist doch immer einen Spalt breit offen, mein Lieber, auf deine eigene Anordnung hin! Und wer könnte schon durch das schmiedeeiserne Gitter vor dem Fenster schlüpfen – ein Mensch gewiß nicht«, antwortete Lady Gwendolyn mit Schärfe.

»Da hat Mutter recht«, sagte nun Henry, der bis jetzt still im Hintergrund gestanden und nur seine wachsamen und intelligenten Augen von einem zum andern hatte wandern lassen: »Aber wer hat dann diese vermaledeite Vase und das Bonbonkrimskrams heruntergeworfen? Der Luftzug kann es nicht gewesen sein.« Er gähnte und schüttelte seinen widerspenstigen Haarschopf.

»Es war der Geist, und dein Vater macht sich nur lächerlich, wenn er es ableugnen will.« Lady Gwendolyn erhob sich von den Resten der chinesischen Vase.

»Es ist drei Uhr vorbei, Mutter, an sich doch nicht die klassische Geisterstunde?« warf Henry leicht ein.

Aber Ghostie, so erfuhr Stasi, war immer schon unorthodox gewesen und hielt sich selten an die für Geister vorgesehene Zeit. Das hing mit seinem früheren Dasein zusammen, wie Madam Stasi am nächsten Morgen erzählte. Schon als Mensch war Ghostie recht unpünktlich gewesen, zum Beispiel war er immer erst gegen Ende der Predigt des Reverend Samuel Rose zum Gottesdienst in der Dorfkirche erschienen, und hatte auch dann, zeitgenössischen Berichten zufolge, ohne sonderliches Interesse der heiligen Handlung beigewohnt.

Auf jeden Fall war es eine unchristliche Zeit und ein unerfreulicher Anlaß, der die notdürftig gewandete und gähnende Hausgenossenschaft auf den Plan gerufen hatte, und jedermann begann sich insgeheim nach seinem hoffentlich noch warmen Bett zu sehnen.

Lady Gwendolyn, die stets bereit war, ihr Flair leidender Hinfälligkeit einem echten Vorteil zu opfern, ermunterte sich und forderte Nannie auf, doch um Himmelswillen diese gräßlichen Scherben wegzuräumen, wobei sie darauf achten sollte, die Trümmer der Bonbonschale nicht mit jenen der chinesischen Vase zu vermengen, denn es gab in Dorchester einen klugen Menschen, der vielleicht die

Stücke der kostbaren Vase noch einmal zusammenfügen konnte.

»Werfen Sie das ganze Zeug weg, Nannie«, sagte Sir Edward trokken, »die Scherben sind zu klein, da kann niemand mehr was machen, auch nicht dein Künstler in Dorchester, Gwen.« Damit machte er kehrt und verließ das Zimmer.

Madam warf noch einen unfreundlichen Blick auf die Rückenfront des MacDonald-Tartans, entsann sich dann ihres schwachen Herzens, griff mit einem Seufzer an ihre Stirn und ging ebenfalls nach oben. Ihnen folgte Henry, nachdem er Stasis schmucklosen Morgenmantel mit einem abschließenden Blick bedacht hatte.

Der junge Wassermann hörte nichts von all dem Kommen und Gehen, er hatte Ghosties neuen Streich glatt verschlafen und bedauerte das am nächsten Morgen unendlich.

Brummend räumte Nannie, unterstützt von Stasi, die Scherben auf eine Kehrichtschaufel, und brummend verließ sie mit der ganzen Bescherung das Zimmer.

Eine Weile noch stand Stasi allein in dem großen Zimmer, während das Mondlicht auf dem graugrünen Marmorkamin lag, in dem schweren Goldrahmen glänzte und die elfenbeinweiße Uniform und die imposanten Locken des alten LeSargent erhellte.

Benommen blickte Stasi auf das Bild und ihr schien, als habe das Gesicht des Helden von Waterloo einen gespannten Ausdruck angenommen.

Ginster in Cornwall

Der Frühling wuchs. Schon lief ein Hauch von Violett über den steilen Nordhang hinter der Auffahrt zu Silverdale-House, und mit Staunen sah Stasi zu, wie die Blüten der wilden Rhododendren sich täglich mehr öffneten, den verheißungsvollen Hauch in ein tiefes lebendiges Violett wandelten, zu windbewegten Blütenpyramiden zwischen silbergrünen Blättern.

Mit ganzem Herzen erlebte sie ihren ersten englischen Frühling, jene unvergleichliche Zeit, in der überall dort, wo Torf- und Heideboden war, das Land sich mit einer Fülle von Blüten bedeckte.

Und vier Wochen später brach das heimliche Fest dann in den einsamen schottischen Hochtälern aus, lief jubelvoll durch die *glens* und hinunter an die schweigsamen dunklen Seen, die *lochs,* krönte die windumbrausten Hügel und verlor sich in den kahlen Weiten des hohen Nordens.

Es war um diese Zeit, daß der ehrenwerte Direktor der weltberühmten Königlichen Gärten von Kew bei London, ein kultivierter und hochverdienter Mann, der alle Pflanzen dieses Planeten kannte, so wie jedes Jahr nun zu Sir Edward nach Silverdale kam, um dort eine äußerst seltene Eiche zu bewundern und sich persönlich von ihrem Wohlergehen zu überzeugen. Der Schößling war unter Sir Edwards Großvater aus Südamerika importiert worden, hatte sich im englischen Klima zu einem prachtvollen Baum entwickelt, dem schönsten seiner Art auf der ganzen Insel, wie man ohne unangebrachtes *understatement* wohl sagen konnte, und der Direktor von Kew war ihm sehr zugetan.

Zudem war Sir Edwards Rhododendronbestand dem von Kew fast ebenbürtig, ja in der Anlage sogar noch besser, wie der Direktor mit Wehmut zugeben mußte. Und da war auch noch diese uralte Deodar-Zeder, die den Chef der Königlichen Gärten anzog: über ihr Alter stellten die beiden Herren unterschiedliche Theorien auf.

Der Direktor von Kew war ein Schulfreund Sir Edwards, sie trugen dieselbe College-Krawatte, was einem Bund fürs Leben gleichkam, nur hatte der Direktor von Kew später den besseren Teil erwählt und war unverheiratet geblieben. So floß sein Leben zwischen

Palmenhäusern und Freilandbeeten in heiteren und ruhigen Bahnen, und seine Züge drückten Festigkeit und Seelenfrieden aus.

Sir Edward verbrachte einen schönen Tag mit dem Schulgefährten aus lange vergangenen Tagen, einen ungestörten dazu, denn Lady Gwendolyn hatte schon beim Frühstück verkündet, daß sie eine Migräne kommen fühle und den Tag daher in ihrem Schlafzimmer zu verbringen gedenke.

Sir Edwards Bedauern über dieses Mißgeschick hielt sich in Grenzen, denn es war ein erlesenes und selten verkostetes Vergnügen für ihn, einmal ungestört mit einem Menschen über jene Dinge reden zu können, die ihm tatsächlich am Herzen lagen. Er kannte auch die zielstrebige Neigung seiner Frau, stets im Mittelpunkt der Konversation zu stehen, und das hätte auch den Direktor der Königlichen Gärten nicht sehr gefreut und dem Tag ein anderes Gesicht gegeben.

So zogen die beiden Herren also nach einem Vormittagskaffee um elf Uhr – jener Zeit, die, ohne die klassischen und unumstößlichen Teezeiten zu gefährden, dem koffeinträchtigen Leibgetränk des Kontinents vorbehalten ist – in den durchsonnten Park hinaus, wallten ehrfurchtsvoll zuerst einmal zu jener kostbaren und seltenen Eiche, wobei eine Stützung des untersten Astes, der bedenkliche Neigung zu zeigen begann, erwogen wurde, sodann betrachteten sie unter botanischen Gesprächen die bewußte Deodar-Zeder, deren dunkle schwingende Krone weithin über das Tal hinaus sichtbar war, ja wäre einer so kühn gewesen sie zu ersteigen, er hätte aus ihrem Wipfel zu Henrys schwarzen Stieren blicken können, die aggressiv und massig über die Koppel trabten.

Nun drängte Sir Edward den in Betrachtung versunkenen Direktor von Kew-Gardens aber zum eigentlichen Höhepunkt der diesjährigen Parkbesichtigung, zum Augenblick eines stillen Triumphes, in dessen Vorgefühl er sich schon lange wärmte.

Es war da nämlich unter Rhododendronzüchtern und -besitzern immer wieder das heikle Problem der Farbakzentverteilung aufgetaucht: die Blüten der Rhododendren, insbesondere der hochentwickelten Hybriden, zeigten wohl die hinreißendsten Nuancen von Weiß, Gelb, Orange, Kardinal- und Blutrot bis zu jenem Mauve der Wildsorten, es fehlte aber in diesem berauschenden Farbbouquet ganz und gar ein kräftiges belebendes Blau, das einen beglückenden Kontrapunkt zu der Melodie aus Gold und Purpur gesetzt hätte.

Nachdem Sir Edward nun dies und das ohne rechten Erfolg versucht hatte, war er darauf verfallen, zwischen die Rhododendren und Azaleenbüsche großzügige Inseln und Gruppen einer besonders leuchtenden himmelblauen Art von *Iris sibirica* zu pflanzen. Die Blütezeit deckte sich aufs glücklichste mit jener der Rhododendren und Azaleen, und heuer waren die Pflanzen zum ersten Mal so kräftig, daß die Absicht des Gärtners voll verwirklicht wurde.

Der erste Eindruck dieser schlechthin vollkommenen Anlage, die in einen halbkreisförmigen, leicht ansteigenden Hang hineinkomponiert war und das Licht der Vormittagssonne auffing, benahm dem Direktor der Königlichen Gärten den Atem. Selbst er hatte schon lange nichts so Schönes gesehen, und gleich machte er sich eine Notiz über diese interessante Variante der Iris.

Es war nicht leicht, den Direktor von Kew in Erstaunen zu setzen, und Sir Edward strahlte. Das waren die Augenblicke, von denen er lebte. Er würde das im Herbst bei der Wachteljagd in Schottland dem Duke of Sutherland erzählen. Dann aber gefror Sir Edwards Siegerlächeln: aus einer kleinen Mulde hinter einer duftenden Azalee schälte sich Muffetts speckiger Shetland-Pullover. Grußlos und immer noch sichtlich verschlafen glotzte Muffett die beiden Herren an. Er bückte sich noch einmal, um seine Flasche an sich zu nehmen, die ihm im Schlaf entglitten war. An diesem Morgen hätte er noch einmal die Iris-Beete auflockern sollen, damit sie ein dem Anlaß entsprechendes Höchstmaß an Gepflegtheit aufweisen. Bei dieser harten Tätigkeit hatten Muffett die Müdigkeit und sein altes Laster übermannt.

Der Direktor der Königlichen Gärten war ein Mann von Welt und überspielte die kleine Peinlichkeit mit einer Bemerkung über seine eigenen Personalsorgen, die bei den Ausmaßen von Kew-Gardens wahrlich nicht gering sein mochten, und fuhr dann fort, ungeschmälertes Lob zu spenden, in das er seine Vorfreude auf einen guten Sherry einflocht.

Er wurde nicht enttäuscht, es war alter und wohlgelagerter Sherry, den er mit Sir Edward, an die Steinbalustrade der Terrasse gelehnt, trank, und Nannie hatte einen exzellenten Lunch in Gestalt eines jungen Lammschlögels mit *Yorkshire pudding* und nachfolgender Stachelbeerpastete vorbereitet. Sie wußte schon, was dem Direktor von Kew schmeckte.

Erst in den späten Nachmittagsstunden, als die niedrigstehende Sonne Fluten von Silber und Violett in den blühenden Nordhang warf, verabschiedete sich der Gast und bat Sir Edward noch recht herzlich, doch im Juli nach Kew zu kommen, wo aller Voraussicht nach eine seltene Wasserrose im Teich vor dem großen Palmenhaus zur Blüte käme.

Sir Edward war so aufgeräumt und beglückt wie schon lange nicht mehr, und nicht einmal das überraschende Auftauchen seiner von der Migräne genesenen Gemahlin beim Supper konnte seine gute Laune gefährden. Lady Gwendolyn betrachtete ihn aufmerksam, während er still und fröhlich seine Avocado-Birne zerteilte. Henry saß als dritter am Tisch und ließ seine Augen zwischen den Eltern hin und her wandern.

»Wir werden übermorgen für ein langes Wochenende nach Cornwall fahren«, hörte Stasi, die die Schüsseln in die Durchreiche stellte, Madam sagen: »Ich glaube, jetzt ist die richtige Zeit für Tintagel, ein bißchen früh vielleicht für die Grasnelken an den Küstenfelsen, aber der Ginster wird auf seinem Höhepunkt sein.« Und damit hatte Lady Gwendolyn Sir Edward gleichsam zu einer Pflichtübung befohlen.

Das kleine Lächeln auf seinem Gesicht erlosch: »Ich glaube, ich kann jetzt nicht weg, meine Liebe, es ist sehr viel im Garten zu tun!«

»Ach Edward, das ist doch lächerlich«, entgegnete Madam mit Schärfe, »der Park wird in fünf Tagen nicht zugrunde gehen, und wenn Muffett nicht gänzlich dem Trinkerwahnsinn verfällt, wird er wohl imstande sein, die paar Handgriffe zu tun.«

»Es sind wohl mehr als nur ein paar Handgriffe in diesem großen Park«, sagte Sir Edward leise, aber Lady Gwendolyn, die grundsätzlich kein großes Aufhebens von der Arbeit anderer machte, überhörte das.

Sie schenkte Henry ihr breites Lächeln zwischen großen Zähnen: »Henry, mein Schatz, du wirst es sicherlich genießen, das Haus einmal für dich allein zu haben. Fast könnte ich dich beneiden!«

Henry legte seine Serviette auf den Tisch und lehnte sich langsam zurück: »Ich werde nicht allein hierbleiben und genießen. Ich komme mit euch, Mutter.« Sein heller Haarschopf stand provokant in die Höhe.

»Aber du bist doch in den letzten Jahren nie mit uns nach Cornwall gefahren. Du fandest es zu langweilig.«

»Diesmal fahre ich mit.« Er beugte sich vor, nahm seine Serviette wieder auf und aß weiter.

»Ach –«, Lady Gwendolyn betrachtete ihn nachdenklich. Dann stand sie auf und schloß die Durchreiche. –

Der Airedale Timothy

Die kurzen Tage bis zur Abreise gestalteten sich hektisch. Mrs. Muffett wurde von der unermüdlichen Verteidigerin der Sauberkeit, in der sie einen absoluten Selbstzweck sah, zur Kammerzofe Lady Gwendolyns und sauste pausenlos über Stiegen und Gänge, schleppte Koffer und Reisetaschen heran, die geprüft, erwogen und wieder verworfen wurden. Es war erstaunlich, was Madam für einen Fünftage-Aufenthalt in Cornwall an Garderobe benötigte: wäre sie nach Cannes oder Acapulco gefahren, ihre Kleidung hätte nicht differenzierter sein können.

Nannie war düsterer denn je, sie haßte Aufbruchsarbeit und Hektik, bei der die Küche zu kurz kam, denn einen gewissen Anflug gemäßigten Glücksempfindens konnte man bei Nannie eigentlich nur dann beobachten, wenn sie in die Herstellung von Marmeladetörtchen oder Obstpasteten vertieft war. In dieser Tätigkeit hielt ein ansonsten mißgünstiges Schicksal für Nannie offenbar ein kleines Erfolgserlebnis bereit.

Lady Gwendolyn nahm Nannie selbstverständlich nach Cornwall mit, denn sie war nicht gesonnen, fünf Tage lang Julian und die beiden Hunde ohne Hilfe am Halse zu haben; und natürlich sollte Nannie, die Liebe, ihre alte Heimat wiedersehen, Madam war schließlich kein Unmensch.

Der Morgen der Abreise brach blau und verheißungsvoll an. Im Südwesten türmten sich zwar dunkle Regenwolken, aber der orkanartige Wind, der fast ständig über die rauhen und kahlen Weiten Cornwalls blies, würde sie sicherlich verjagen.

Man fuhr im Konvoi, denn schon Lady Gwendolyns Gepäck nahm den vollen Kofferraum von Sir Edwards Wagen ein. Henry kam leichtfüßig und vergnügt zu seinem Auto geschritten, er pfiff *The Road to the Isles,* einen schottischen Marsch, was anzeigte, daß er guter Laune war, und warf seinen kleinen Koffer in den Wagen.

»Nannie und Julian fahren mit Henry, Stasi kann sich mit Timothy, der ja so an ihr zu hängen scheint, den Rücksitz unseres Wagens teilen«, sagte Lady Gwendolyn und sorgte damit für eine weise Verteilung der Akzente.

Während man gehorsam ihren Anordnungen nachkam, blickte sie, die Hand über den Augen, in den Park hinaus. Dann stieg sie zögernd ein: »Seltsam, mir war eben, als hätte ich Cromwell gesehen.«

»Der Kater Cromwell gilt doch seit Wochen als vermißt, wie ich hörte, du wirst einer Luftspiegelung zum Opfer gefallen sein«, antwortete Sir Edward und startete den Wagen.

»Ja, es war vielleicht die Morgensonne«, meinte Madam, und ihre Ratlosigkeit stimmte sie seltsam friedlich. Sie fand indessen rasch wieder zu ihrem gewohnten Selbst zurück, als sie den jungen Geoff Muffett schön gewandet die Auffahrt herschlendern sah. Er musterte die an ihm vorbeifahrenden Autos unbewegten Gesichts und grüßte eine Nuance zu lässig.

»Jetzt wird Muffett, dieser Nichtstuer, wieder ins Haus gehen und seine Mutter bei der Arbeit stören«, sagte Lady Gwendolyn ärgerlich, »es würde mich nicht wundern, wenn er einmal ganz vor die Hunde ginge.«

Sir Edward murmelte etwas Unverständliches, und dann fuhr man aus den sonnigen weitgeschwungenen Hügeln Devons, zwischen Stein- und Erdwällen, die manchmal so hoch waren, daß ihre gras- und blumengesäumten Ränder als zwei schmale Horizonte neben den Reisenden herliefen, der Südwestecke Englands zu, dorthin, wo sich die drohenden Wetterwolken türmten.

Tintagel in Cornwall war jetzt im Mai über alle Maßen schön und offenbarte Stasi wieder eine neue Welt. Ein Wolkenbruch ging zwar am späten Nachmittag nieder und gestaltete den Einzug in das Hotel etwas schwierig. Der Wind peitschte die Regenschnüre pfeifend und waagrecht in die Gesichter und man wurde weidlich naß.

Aber nach dem frühen Dinner der Familie ging Stasi mit Timothy, der sie flehend anblickte, als sie ihren Regenmantel nahm, noch auf einen raschen ersten Spaziergang, denn mit der Neugier und Daseinserwartung ihrer zwanzig Jahre konnte sie nicht schlafengehen, ohne den fremden Ort wenigstens in Ansätzen erkundet zu haben.

Eine grelle Abendsonne beschien die regennassen Weidehügel, hinter denen die schwarzsilbrige Schiefersteilküste ins Meer abstürzte. Stasi wählte einen kleinen Pfad, der am alten Pfarrhaus mit seinem versponnenen Garten vorbei zum Kirchhügel hinaufführte. Schwarz und düster ragten die irischen Rundkreuze in den strahlenden Abendhimmel, und nahe am Absturz des Steilhangs, zu dessen Füßen das Meer in einem ewigen weiß brausenden Gischtkranz anbrandete, stand die einfache normannische Kirche.

Und Ginster überall. Auf allen Hängen orangegelb leuchtender Ginster in dichten Inseln, alles zudeckend, und Schwaden des bitteren Mandelduftes in der Luft, in jedem Atemzug.

Stasi schaute und schaute, sie war benommen vor Glück. Langsam wanderte sie weiter, den schmalen Küstenpfad hoch überm Meer entlang, in eine Senke und wieder hinauf zum nächsten Hügelkopf, der in Grundrissen und niedrigem Mauerwerk die Reste dessen trug, was die Sage König Artus' Burg nannte.

Stasi setzte sich auf eine Steinstufe. Der Wind, der ungehemmt über den Atlantik brauste und kein Land mehr sah bis zur Küste Amerikas, blies durch ihr Haar und brannte auf ihren Wangen, und das Rauschen der Brandung tief unter ihr war so stark, daß es jeden anderen Laut übertönte. Lange saß sie und nahm den Dreiklang der Farben, des blauen Meeres, dessen weißer Gischtsaum an die goldenen Ginsterhänge schlug, in sich auf, und der Airedale Timothy saß neben ihr, die langen hellbraunen Vorderläufe in das feuchte Gras gestemmt, und blickte sie unverwandt an.

Als sie endlich nach Hause kam, war die Sonne, ein glutroter gewaltiger Ball, schon ins Meer gesunken, und aus den Weißdornhecken, die jetzt in voller Blüte standen und sich zwischen den Vorbergen entlang der Bäche zum Meer hinwanden, drangen zahllose Vogellieder.

Stasi wollte gleich schlafengehen, aber vor dem Hotel traf sie Nannie, die offenbar schon auf sie gewartet hatte, und die, wie Stasi undeutlich zur Kenntnis nahm, einen höchst ungewöhnlichen und abenteuerlichen Hut trug, in dessen Plüschflora der Frühling wahre Orgien feierte.

»Ich gehe aus«, sagte Nannie, und ihre Stimme hatte jegliche Grimmigkeit verloren, »ich habe einen alten Jugendfreund getroffen, dessen Frau vor einem Jahr tödlich verunglückt ist«, Nannies Stimme klang jetzt ausgesprochen heiter: »Er sagte mir, daß er sehr oft an mich gedacht hätte, denken Sie nur, Stasi!« Sie blickte träumerisch in die Ferne, »ja und daß ich nicht vergesse: Jonathan sitzt auf der Matte vor meinem Zimmer und muß noch gewaschen werden, er ist gleich nach dem Wolkenbruch über ein erdiges Feld gelaufen.«

Damit entschwebte sie, verzaubert von einem freundlichen Genius loci, der es offenbar verstand, auch Jahrhunderte nach König Artus' berühmter Tafelrunde noch Ritter auf den Plan zu rufen.

Stasi wollte eben über die Schwelle treten, als ihr Blick auf eines der Fenster fiel. Da stand Henry, die Arme verschränkt und sah regungslos auf sie nieder. Rasch ging Stasi ins Haus und nahm sich des verdreckten Jonathans an, dessen Bauch voll Erde und Schlamm war. Sein langer raupenähnlicher Körper mit den niedrigen Beinen befähigte ihn zwar auf ideale Weise, Dachsgänge und Kanalröhren zu erkunden, wirkte sich aber in schmutzigem Gelände sehr ungünstig aus.

Die Nacht war kalt, ein rauher Wind blies über die baumlosen Weiten, und fröstelnd suchten Stasis Füße zwischen den feuchtkühlen Leintüchern die vertraute Wärmflasche, diese Trösterin in allen Lebenslagen. Wie schaurig der Wind heult, dachte Stasi, schon halb im Schlaf, es würde mich nicht wundern, wenn es hier geisterte. Eine ideale Gegend für Gespenster, wirklich ...

Aber nichts dergleichen geschah, der nächste Morgen brach klar und leuchtend an, man erging sich auf den Ginsterhügeln, Madam schrieb zahllose Briefe zwischen den stacheligen orangegelben Sträuchern, und der starke Duft nach bitteren Mandeln schien ihr nichts anzuhaben. Henry nahm die Hunde auf lange Küstenwanderungen mit, Sir Edward hatte im Hotel einen Bekannten entdeckt, den Besitzer einer Baumschule in Kent, und führte lange Gartengespräche mit ihm, und von Nannie, deren Gesicht täglich ein paar Falten verlor, sah man recht wenig. Julian sammelte Steine auf dem gezeitenreichen Strand von Tintagel und war erträglich.

Am vierten Tag aber ging es plötzlich zu Ende mit dem Idyll zwischen Ginster und Meer. Der Himmel hatte sich verdüstert, wie um den allgemeinen Umschwung der Verhältnisse anzukündigen, und Timothy raufte schon am Morgen mit einem deutschen Schäferhund namens Boris und zog den kürzeren. Er wies zwar keine ernsteren Bißwunden auf, war aber doch aufs Haupt geschlagen, in seinem Selbstgefühl verletzt und über und über von Geifer und Schleim besudelt. Jonathan, den der Schäfer auch noch attackieren wollte, konnte sich gerade noch mit einem Satz auf Lady Gwendolyns Schoß retten, wo er schrie wie ein kleines Kind und auch sonst alle Attitüden eines heldischen Hundes zeigte.

Es war ein mißlicher Morgen und jedenfalls nicht das, was einem als Auftakt für einen Urlaubstag vorschwebt. Ein Picknick im Ginster mußte wegen einsetzenden Regens abgeblasen werden, und beim Lunch im Hotel fehlte Timothy.

»Wo ist denn dieser schreckliche Hund«, klagte Madam, »Julian, kannst du ihn nicht suchen? Das wären zwei Fliegen auf einen Schlag!«

Als Timothy zum Tee noch nicht aufgetaucht war, begann man sich ernstliche Sorgen zu machen. Das Erlebnis mit dem Schäferhund Boris mußte ihn verwirrt und zerrüttet haben.

Nur Henry war gefaßt und tröstete seine Mutter: »Timothy wird sich auf Liebespfaden bewegen, es ist schließlich Frühling, und was Nannie recht ist, ist Timothy nur billig.«

»Ach Henry, halt den Mund«, antwortete Lady Gwendolyn ärgerlich, »ich wollte, du wärest nicht immer so zynisch, das hast du von deinem Vater.«

Sir Edward, der verdrießlich schwieg, weil an diesem Morgen der Baumschulenbesitzer aus Kent abgereist war, nahm seine Pfeife aus dem Mund: »Von mir? Ich wüßte nicht, daß ich mir jemals eine so präzise Lebensäußerung wie Zynismus in all den Jahren an deiner Seite gestattet hätte, meine Liebe!« Er steckte die Pfeife wieder in den Mund und sog heftig an ihr.

Nach einer weiteren halben Stunde machten sich alle mit Ausnahme von Lady Gwendolyn, die sich rechtzeitig ihres kranken Herzens erinnert hatte, auf die Suche nach dem verlorenen Hund. Auch Nannie und ihr kornischer Ritter, dessen Frau so zeitgerecht hingeschieden war, gingen mit der Expedition.

Nachdem man rufend und forschend die nächste Umgebung durchstreift hatte, erkannte man, daß es wohl wirksamer wäre, in kleinen Gruppen zu suchen. Also gingen Nannie und ihr Freund in Richtung Boscastle die Straße entlang, Sir Edward und Julian wollten noch einmal den Bereich der Artusburg bis hinunter zu Merlins Felsengrotte durchkämmen, während Henry und Stasi den Küstenpfad nach Trebarwith einschlugen.

Der Wind blies mit orkanartiger Stärke, und ein dünner ungewichtiger Mensch hätte es sich zweimal überlegen müssen, bei solchem Wetter auf einen der ausgesetzten Küstenfelsen zu gehen: er wäre wohl ungesäumt nach Amerika verweht worden und hätte sich dort allenfalls noch an der Freiheitsstatue festklammern können. Stasis und Henrys Rufe nach dem verlorenen Timothy verhallten ungehört im hohen Brausen des Windes und im Rauschen der Brandung, die vor Trebarwith in weiten majestätischen Schaumwällen über den weißen Sand herangetragen wurde.

»Wir müssen hinunter zum Meer«, sagte Henry dicht an Stasis Ohr, um verstanden zu werden, »ich war gestern mit Timothy in einer der großen Felsenhöhlen dort unten, und er zeigte sich außerordentlich interessiert. Es lag da so ein schönes Aas, vielleicht wollte er es noch einmal begutachten.«

Stasi stieg hinter Henry den schmalen Steig hinunter, der zwischen den Felsen der Steilküste in einer Erdrinne zum Strand führte und den schwierigen und schmalen Pfaden der österreichischen Hochgebirgsregion in keiner Weise nachstand.

»Die Flut kommt herein, wir müssen uns beeilen«, rief Henry, und dann liefen sie beide über den nassen schweren Sand, zwischen Bänken schwarzer Muscheln und Schlickkränzen hindurch und erreichten die Felsengrotte, in der der Wind nur mehr ein schwaches melancholisches, von Echos durchgeistertes Säuseln war.

Staunend folgte Stasi Henry, der geschickt über kleinere und größere Felsbrocken turnte, immer tiefer in die Höhle hinein, und beim Anblick der naß glänzenden Steinwände, die in den herrlichsten Farben von Opal, Jadegrün, Topas und Gold schimmerten und aussahen wie Aladins Schatzgewölbe, vergaß sie ein paar Minuten lang, daß dies nicht ein Ausflug, sondern eine sorgenvolle Suche war.

Langsam wurde es dunkler und das Felsentor, durch das sie eingetreten waren, hob sich wie das Fenster einer gotischen Kathedrale aus der wachsenden Dämmerung. Stasi saß rittlings auf einem nassen spitzen Felsen und wußte nicht, wie sie auf der andern Seite heruntersteigen sollte, ohne in eine tiefe trübe Wasserlache zu treten, die die letzte Flut hier zurückgelassen hatte. Henry, der ein Stück vorausgegangen war, kehrte zurück: »Ich glaube, es hat keinen Sinn, noch tiefer hineinzugehen, kein Hund geht grundlos in die Dunkelheit, und das Aas lag nahe dem Ausgang –« er brach ab: »Oh, Sie sind hier festgewachsen? Ich dachte, die Österreicher können alle gut klettern. Geben Sie mir Ihre Hand!«

Beschämt legte Stasi ihre Hand in Henrys Rechte, er stand vor ihr, in seinen Haaren glitzerten die Wassertropfen, die von der Höhlendecke niederrannen. Sie schwang sich herunter, sein Griff war fest und gut, und als sie vor ihm stand, hielt er ihre Hand noch einen Augenblick fest und sah sie an mit Augen, in denen der Spott erloschen war. Sehr zu ihrem Ärger bekam Stasi Herzklopfen, sie zog ihre Hand aus seiner und fragte, wie rasch die Flut hier in Cornwall vom Meer hereinkäme.

»Sie haben recht, es ist höchste Zeit zu gehen, sonst schneidet uns die Flut den Rückweg ab und wir können sechs Stunden auf einem kalten, vom Meerwasser umspülten Felsen ganz innen in der Höhle sitzen.«

Er lachte ein wenig, ging weiter, und dann rief er plötzlich: »Timothy – Timothy, du vermaledeites Vieh!«

Naß und schuldbewußt schlich Timothy aus einer erhöhten Seitennische, die noch ganz trocken war, und kaute an einem recht dubiosen Knochen.

»O Timothy, ich hatte solche Angst um dich! Mein Freund, mein einziger englischer Freund!« In Henrys Augen blitzten wieder alle

Lichter der Bosheit, während er auf Stasi niederblickte, die im nassen Sand kniete, Timothy umarmte und ihn auf seine schmutzige Stirn küßte.

»Wenn Sie nicht zusammen mit Ihrem einzigen englischen Freund ein Opfer der heimtückischen kornischen Flut werden wollen, müssen Sie jetzt Ihre Gefühle verdrängen und mir rasch folgen!«

Er faßte Timothy am Halsband, und gemeinsam eilten sie über den schmalen Streifen Sand, der nach einer Stunde von dem weiten weißen Strand übriggeblieben war. Sie hielten sich hart an die Felsen, an deren vorspringende Riffe schon die ersten Flutwellen schlugen. Dazwischen mußten sie warten, bis die Wellen zurückrollten, um rasch einen Felsenvorsprung zu umgehen, und zuletzt standen sie keuchend vor dem steilen Sandpfad, der zum oberen Küstenweg hinaufführte. Sie begannen den Aufstieg, und als sie wenig später atemholend zurückblickten, war der Strand vollkommen verschwunden, und das Meer schlug donnernd an die Felswände.

»Was wäre wohl aus Timothy geworden, wenn Sie nicht den guten Einfall gehabt hätten, ihn dort unten zu suchen?« fragte Stasi schaudernd.

»Er wäre wahrscheinlich auf einen der Felsvorsprünge geklettert oder heimgelaufen«, sagte Henry beruhigend, »Tiere sind nicht so instinktlos wie die Menschen, von denen man jede Woche etliche hier an dieser Küste mit Seilen über die Felswände heraufziehen muß. Die Küstenwache führt kein ruhiges Leben, das dürfen Sie mir glauben.«

Sie waren oben und gingen nun wieder hoch über den weit und weiß anrollenden Wogen den Weg zurück nach Tintagel. Timothy folgte Stasi wie ein Lamm. Der Wind war etwas schwächer geworden, dafür hatte es begonnen zu regnen. Leicht und stetig fielen die Tropfen, und Stasi schlug ihren Mantelkragen hoch.

»Der Regen stört Sie doch nicht, oder?« fragte Henry, der ohne Kopfbedeckung in einer dünnen Jacke neben ihr herging: »Ich könnte Ihnen den langen Rückweg kurzweiliger gestalten und ein Referat über die zahlreichen Spielarten des englischen Regens halten. Sie müssen sie kennen- und liebenlernen, wenn Sie England und sein abscheuliches Klima mit Fassung und ohne seelischen Schaden zu nehmen, ertragen wollen.

Also: da ist einmal das feine Nieseln, *drizzle* genannt, das bedeutet hier fast noch schönes Wetter und wird kaum zur Kenntnis genommen. Dann kommt leichter Regen, wie eben jetzt, bei dem zartbesaitete Naturen ihre Mantelkrägen hochschlagen und feststellen, daß sie ihren Regenschirm zu Hause vergessen haben.

Die nächste Stufe ist starker Regen, *heavy rain,* bei dem es schon nichts mehr ausmacht, daß man den verdammten Schirm nicht bei sich hat, denn meistens geht er mit starkem Wind einher, der Schirme nach zwei Minuten umstülpt und auf jeden Fall dafür sorgt, daß man vom Gürtel abwärts völlig ein- und aufgeweicht wird. Das ist aber noch nicht alles«, fuhr Henry munter fort: »Wir haben da noch eine besondere Variante, *pouring rain,* das heißt, es schüttet wie mit Kübeln und macht jedweden Regenschutz absurd, lächerlich – eine Erscheinung, die wir unbedingt dem Kontinent voraushaben, auch im bezug auf ihre Dauer: *pouring rain* kann drei Tage, aber auch drei Wochen dauern. Die Leute in Wales oder Nordschottland etwa sind schon gerührt und danken ihrem Schöpfer, wenn die Niederschläge nach vierzehn Tagen tatsächlich aufhören.

Und wenn mich nicht alles täuscht, ist der eben stattfindende leichte Regen ein Vorspiel, eine Einleitung zu jenem letztgenannten Phänomen – ja, das wäre alles, oder wünschen Miss eine schriftliche Ausfertigung meines Exkurses in das englische Klima?«

Sie hatten eine kleine Bodensenke erreicht, ausgefüllt mit blühenden Ginstern, deren orangegoldenes Leuchten das Grau ringsum Lügen strafte und fast so etwas wie eine kleine erdgebundene Sonne war, die Helligkeit um sich erschuf.

Stasi blieb stehen und lachte. Sie hatte nicht gewußt, daß Henry Humor besaß und war entzückt, denn sie selbst liebte Fröhlichkeit und hatte eine Schwäche für heitere Menschen.

»Sehen Sie doch diesen herrlichen Ginster!« rief sie ihm zu.

»Du kleine Schwärmerin«, sagte Henry, legte seine Arme um Stasi und küßte sie, ohne Warnung und ohne Übergang. Der Regen fiel auf ihr emporgewandtes Gesicht und in ihrer beider Haare. Nach einer Weile legte Timothy, der sie sehr aufmerksam betrachtete, eine nasse, schmutzige, Beachtung heischende Pfote auf Stasis Mantel, und als das nichts bewirkte, stellte er sich auf, stützte beide Vorderpfoten auf Henrys Arm und versuchte die Gesichter vor ihm zu lekken.

»Du Idiot«, sagte Henry, ließ Stasi los und ging ein paar Schritte weiter. Stasi wischte die Regentropfen von ihrer Stirn, gedankenverloren und verwirrt pflückte sie eine Ginsterblüte: sie roch nach bitteren Mandeln. Dann folgte sie Henry.

Der Regen war nun stärker geworden, Henrys Wetterprognose

schien sich umgehend zu erfüllen, und sie redeten nicht mehr viel, bis zwischen ziehenden Nebeln die niedrigen Mauerwälle des Artusschlosses von Tintagel sichtbar wurden.

Timothy, den offensichtlich das schlechte Gewissen plagte, rannte nun voraus und sauste schmal und unauffällig, soweit das bei seiner Statur möglich war, durch die Eingangstür des Hotels. Stasi vermutete, daß er, naß und schmutzig von der Höhlenexpedition, unverzüglich auf den hellen Teppich vor dem Kamin der Hotel-Lounge eilen würde, und wie sie bald darauf den Klagen der Direktion entnahm, war ihre Vermutung richtig gewesen.

Langsam ging sie mit Henry die kleine Anhöhe hinauf, die zum Haus führte, und da tauchte aus dem Hohlweg von der anderen Seite her Sir Edward mit seinem Sohn auf. Sir Edward machte einen angegriffenen und leicht derangierten Eindruck, und Julian an seiner Seite heulte laut.

»Nichts«, sagte Sir Edward atemlos, »wir haben nichts gefunden. Es war sehr ungemütlich bei diesem Wetter oben auf der Burg und nicht besser in Merlins Cave. Dort hat sich Julian übrigens sein Bein verstaucht.«

Julian röhrte wie ein angeschossener Hirsch und zeigte mitnichten jene zum Rückgrat einer ganzen Nation gewordene Selbstdisziplin, die einem englischen Gentleman allenfalls noch eine abträgliche Bemerkung über das nasse Wetter gestattet, wenn er sich vor Rheuma krümmt oder wenn er vom Pferd gestürzt ist. Nein, Julian hatte alle seine Schleusen geöffnet, seine Nase rann ärger als je zuvor, und wie immer in kritischen Augenblicken fehlte ihm ein Taschentuch. Stasi und Henry beeilten sich, Sir Edward die freudige Mitteilung von Timothys glücklicher Heimkehr zu machen und so etwas zur Aufhellung der Situation beizutragen.

»Ah, freut mich! Ihr wart also erfolgreicher als wir.« Sekundenlang bedachte Sir Edward seinen erwachsenen Sohn mit einem nachdenklichen Blick: »Wäre schade gewesen um Timothy – netter Hund, obwohl er keine Manieren hat.«

Gemeinsam ging man ins Haus, wo eben Lady Gwendolyn, schon zum Dinner umgezogen, die Treppe herunterkam: »Beeilt euch, ihr wart sehr lange aus! Ich hoffe, niemand braucht mehr lange, um sich fertigzumachen. Ich liebe diese späten Essen nicht sehr.« Sie blickte auf ihre hübsche goldene Armbanduhr.

»Wir haben in diesem Elendswetter Timothy gesucht, falls du das vergessen hast«, sagte Sir Edward trocken und wischte sich mit seinem Taschentuch den Schweiß von der Stirn. Seine Frau musterte ihn unangenehm berührt, bis Julian ihre Aufmerksamkeit auf sich zog: »Julian, abscheuliches Kind, heule doch nicht so, ich verstehe kein Wort von dem, was dein Vater sagt!«

Julian röhrte noch stärker und hielt sein Knie umklammert.

»Und wo ist dein Taschentuch?!«

»Julian hat sein Bein verstaucht, meine Liebe, und es ist nicht ausgeschlossen, daß er tatsächlich Schmerzen hat. Du solltest etwas freundlicher zu ihm sein«, damit reichte Sir Edward Julian ein Taschentuch.

»Ja, ja, ich habe das begriffen, und du hättest eben darauf achten sollen, daß der Junge nicht über nasse, schlüpfrige Felsen klettert. O Gott, Timothy!« Madam stürzte mit einem Aufschrei zum Kamin, wo Timothy, müde von den Aufregungen des Tages, sich mit schlammigen Pfoten auf dem weißen Teppich räkelte.

»Wo um Himmels willen ist denn Nannie? Sie muß diesem Hund sofort die Pfoten waschen. Wir werden dem Hotel Reinigungsgebühren für den Vorleger zahlen müssen. Wozu habe ich schließlich Nannie mitgenommen, ich kann doch nicht alles allein machen!«

Madam blickte um sich, und da kam Nannie durch die Halle gegangen. Sie trug ihr bestes Kleid, den subtropischen Blumenhut und ein Lächeln, in dem sich Triumph und Selbstvergessenheit mischten.

»Nannie, ich bitte Sie, nehmen Sie Julian, diese Nervensäge, nach oben und machen Sie ihm kühle Umschläge auf sein Bein. Und dieser Hund bedarf Ihrer ebenfalls dringend.«

Nannie blickte ihre Herrin an, sie schien von weit herzukommen: »Es tut mir leid, Madam, aber ich bin in wenigen Minuten mit Ian in Lancelot's Teestube verabredet, und ich kann ihn nicht warten lassen.« Sie machte eine bedeutungsvolle Pause: »Wir haben uns heute in Boscastle verlobt.«

Mit diesen Worten entschwebte sie und ließ Lady Gwendolyn, die ausnahmsweise einmal nicht in der Lage war, ihre Zunge zu gebrauchen, versteinert zurück: allein und hilflos mit einem schmutzigen Hund und einem heulenden Kind, die von ihr Hilfe, Wartung, Waschung und Trost erhofften. Madam tat angesichts der prekären Lage das einzig Mögliche: sie bekam einen undefinierbaren kleinen Herzanfall, ging nach oben und überließ es Stasi, mit allem Unangenehmen fertig zu werden.

Das Wochenende in Cornwall hatte sich selbst überlebt und verlangte nach Abdankung. Desgleichen fuhr das Wetter fort, kalt, naß und unfreundlich zu sein, der Wind heulte in schauerlich hohen Tönen über die Klippen und Weidehügel, und aus den blütenschweren orangegoldenen Ginsterzweigen rannen silberne Regenschnüre ins Gras.

Julian humpelte wehklagend durch das Hotel, und die Direktion hatte es sich tatsächlich einfallen lassen, für den mit schwarzen löwenpfotengleichen Mustern geschmückten Kaminteppich eine recht ansehnliche Reinigungsgebühr zu berechnen. Lady Gwendolyn präsentierte sie ihrem Gatten, während er gerade sein Frühstücksei aufschlagen wollte:

»Hier ist diese unverschämte Rechnung, Edward, du kannst sie sofort begleichen, und für nächstes Jahr wäre wirklich zu erwägen, ob wir nicht ein anderes, weniger kleinliches Hotel aufsuchen sollten.«

»Du vergißt, daß heutzutage wenige Hotels entzückt sind, große Hunde und halbwüchsige Knaben aufzunehmen. Beide verheißen Schwierigkeiten, und nachdem du dich im letzten Jahr wegen der Diät-Zusatzrechnung mit dem *Halls of Chivalry Hotel* überworfen hast, ist unsere Auswahl für Tintagel gar nicht mehr so groß.«

»Ja, das ist alles recht unerfreulich, und ich weiß wirklich nicht, ob unser diesjähriger Ausflug hieher ein Erfolg war. Je schneller wir abreisen, um so besser. Denke doch nur an Nannie. Sie intensiviert diese Beziehung mit jedem Tag mehr!«

Sir Edward ließ den Löffel sinken. »Du wirst sie nicht davon abhalten können, eines Tages zu heiraten. Schließlich hat sie ein Recht auf ein eigenes Leben wie jeder andere Mensch.«

»Ach Edward, hör doch auf wie ein Heilsarmee-Prediger zu reden und sei kein Narr! Du weißt recht gut, daß ich diesen schwierigen Haushalt ohne Nannie nicht bewältigen könnte – bei dem Zustand meines Herzens und solange Julian noch im Hause ist.«

»Dein Herz hat dich, soviel ich weiß, in den letzten fünfundzwanzig Jahren nie daran gehindert, den Freuden des Lebens nachzugehen und sie voll zu genießen«, sagte Sir Edward und fuhr fort, sein Ei zu essen.

»Du wirst geschmacklos, mein Lieber«, erwiderte Madam eisig. »Versuche ja nicht geistvoll zu sein und Bonmots von dir zu geben. Dazu fehlt dir der Verstand, Edward.«

Über Sir Edwards Gesicht fiel eine Maske, er beschränkte sich nun ganz auf sein Frühstücksei und sagte nichts mehr.

Die Abreise wurde von Lady Gwendolyn umgehend beschlossen, ausgerufen und in die Tat umgesetzt: »Nannie, Liebe, es tut mir unendlich leid für Sie, wie gerne hätte ich Ihnen noch ein paar Tage mit Ihrem Verlobten gegönnt. Aber Sie wissen, wie dringend wir heim müssen, Sir Edward erwarten unaufschiebbare Arbeiten im Garten und mein Herz hat sich seit dem Wettersturz sehr verschlechtert. Ich werde raschest nach London zu meinem Spezialisten fahren.«

Die Heimreise ging in der bewährten Verteilung vor sich. Die Wagen fuhren an, der kornische Bräutigam, der einen verdutzten Eindruck machte, so, als grüble er ständig darüber nach, wie es wohl gekommen sei, daß er sich plötzlich verlobt und wieder im Besitze einer Frau sah, stand auf der Dorfstraße von Tintagel und winkte zaghaft dem Auto nach, in dem Nannie neben dem unergründlich blickenden Henry saß.

Während sie sich nun mit jedem Meter weiter vom Meer entfernten, schaute Stasi, die immer von unbestimmter Trauer erfüllt war, wenn sie einen schönen Ort verlassen mußte, noch einmal zurück, nahm mit Dankbarkeit die dunkle Silhouette der normannischen Kirche vor dem leeren weiten Himmel in sich auf, jener Kirche, die hart am Absturz der Steilküste stand und zu der in allen Tagen und Nächten das Rauschen der anrollenden Brandung, vermischt mit den spitzen schrillen Schreien der Möwen, emporschlug. Stasi dachte an die goldenen Ginsterhänge, ihr Blick umfaßte jeden Busch, an dem der rascher fahrende Wagen vorbeiglitt.

Da riß sie Lady Gwendolyns Stimme aus ihrer kleinen Abschiedstraurigkeit: »Wissen Sie übrigens, Stasi«, sagte sie in leichtem Plauderton und drehte mit einem halben Lächeln den Kopf zurück, »daß der Ginster fast das ganze Jahr hindurch blüht? Natürlich nicht so reich und üppig wie jetzt, Mai ist seine Hauptblütezeit, aber ein paar blühende Zweige finden Sie immer an den Sträuchern. Ja, und an diese Tatsache knüpft sich ein englisches Sprichwort: immer wenn der Ginster blüht, heißt es da, sei Zeit zum Küssen ...«

Sir Edward am Steuer brummte etwas Unverständliches. Madam schwieg und ließ ihre Worte nachwirken. Stasi, froh, daß niemand zu ihr hersah, fühlte, wie sie errötete, und sie fragte sich im stillen, ob die Bosheit wohl Lady Gwendolyn mit hellseherischen Fähigkeiten ausstatte.

Die Fahrt zog sich infolge des heftigen Regens in die Länge, Timothy saß fast die ganze Zeit auf Stasis Schoß, wärmte sie kräftig und versah ihren hellen Mantel mit einer Fülle krauser dunkler Haare, was anzeigte, daß er überfällig zum Trimmen war.

Am Nachmittag erreichte man endlich Silverdale House, eine Woge sanft glühenden Violetts flutete den Nordhang nieder: alle die wilden Rhododendren standen in herrlichster Blüte und boten der heimkehrenden Familie einen schönen Willkomm. Aber niemand außer Stasi achtete darauf: Lady Gwendolyn entstieg seufzend dem mühsamen Gefährt, wie sie den bequemen Bentley nannte, die Hunde stoben kläffend ins Freie, nicht einmal der tugendhafte Jonathan wartete, bis jedermann ausgestiegen war.

Was Sir Edward betraf, so war leider auch er ganz und gar abgeneigt, die stille, Bewunderung heischende Schönheit des Rhododendron-Hanges zu würdigen, denn noch im Auto hatte er Muffett gesehen, der eine Nuance zu heftig über ein Beet gebeugt arbeitete und den Verdacht weckte, daß dies zum ersten Mal seit fünf Tagen geschähe. Dem war auch so, denn wie sein Herr bei einem ersten raschen Rundgang durch den engeren Bereich des Gartens feststellte, hatte Muffett nichts, ja fast weniger als nichts getan.

Sir Edward schluckte seinen Ärger hinunter, es wäre gewiß keine gute Idee gewesen, ihn bei Lady Gwendolyn abzuladen, und trostheischend ging er also zu der halbkreisförmigen Hang-Arena, die seine kostbaren Rhododendron-Hybriden, die edlen Produkte gärtnerischer Züchterkunst barg, zu jener Anlage, die der Direktor der Königlichen Gärten von Kew so sehr bewundert hatte. Es war ihm aber auch da kein Frieden vergönnt, vom Haus drangen laute Rufe in sein Refugium, offenbar bedurfte man seiner, und mit ein paar gemurmelten Bemerkungen, ungefähr des Inhalts, daß er ein gottverdammter Narr sei, der den Weibern das Regiment überlasse, strebte er der Terrasse zu, die in die Lounge führte.

Nannie kam ihm aufgeregt entgegen, ihr folgte etwas gelassener Lady Gwendolyn.

»Sir Edward, sehen Sie, das müssen Sie sehen, bitte!« Und sie lief in den Küchentrakt, wohin Sir Edward ihr unwillig folgte. Sie redete inzwischen unaufhörlich weiter: »Als wir ins Haus kamen, ging ich gleich in die Küche und dann in die Speisekammer, weil ich den Ginger-Pudding, den ich noch vor unserer Abreise gemacht habe, für das Dinner bereitstellen wollte, und da sehe ich –«, Nannies Stimme kippte vor Aufregung in die nächste Oktave, »da sehe ich: alles umgestürzt, in Unordnung, das große Paket mit dem dänischen Frühstücksspeck aufgerissen, die neuseeländische Orangenmarmelade, die wir extra aus London haben kommen lassen, auf dem Boden und eine angefangene Kondensmilch verschüttet! Ich sage Ihnen, Sir Edward, das war Ghostie! Es ist unglaublich, was er in letzter Zeit alles tut. Ich werde das nicht mehr lange aushalten!« Sie schnappte nach Luft und schwieg erschöpft.

Sir Edward ging an ihr vorbei und betrachtete wortlos die Bescherung in den Regalen und auf dem Boden der Speisekammer. Dann musterte er das vergitterte Fenster: »Könnte nicht irgendein Tier hereingekommen sein?«

»Was für ein Tier, Sir Edward, ich bitte Sie!« jammerte Nannie.

»Strenge deine Phantasie nicht zu sehr an, Edward. Ein Tier! Ich wüßte nicht welches. Diese Möglichkeit scheidet wohl aus«, sagte Madam kühl, »der Verdacht liegt wirklich nahe –«, aber Sir Edward war schon gegangen.

Stasi stand hinter Lady Gwendolyn und warf einen neugierigen Blick auf das Stilleben. Es schien in der Tat, als wäre Ghostie, der Hausgeist von Silverdale, während der Tage in Cornwall zu Hause nicht müßig gewesen. Der alte Herr schien neuerdings einen recht jugendlichen Appetit zu entwickeln. Unwillkürlich dachte Stasi an alles, was Lady Gwendolyn ihr über Ghosties Erdenwallen erzählt hatte.

Er war ein zweiter Sohn gewesen, immer der Jüngere, mit wenigen Talenten begabt, und erbte nur ein schmales Pflichtteil, während der ganze schöne Besitz an den älteren Bruder ging. Zudem war er unverheiratet geblieben, denn seine einzige Liebe, ein ehrgeiziges Mädchen, hatte seinen Antrag wegen mangelnder gesellschaftlicher Aufstiegsmöglichkeiten abgewiesen.

Ihm war nur in Grenzen gestattet gewesen zu leben, und aus Rache war er nun, nach seinem Hinscheiden aus einem freud- und ereignislosen Dasein, um so lebendiger geworden. Nachdenklich blickte Stasi auf die Scherben der Orangenmarmelade nieder.

»Kommst du mit mir auf die Koppel? Ich möchte sehen, ob alles in Ordnung ist«, sagte Henry leise hinter ihr. Stasi dachte an die Stiere, die schwarz, massig und aggressiv über das Weideland trabten, und lehnte entschieden ab. Er schien nicht sonderlich enttäuscht und ging mit dem kühlen spöttischen Lächeln, das oft sein Gesicht beherrschte, zur Tür hinaus.

Stasi tat ihren Dienst beim Dinner, mit Freude und einer Art Wiedersehensgefühl stellte sie die kostbaren Silbervögel auf den Tisch, wo sie kühl und funkelnd zwischen den Gedecken nisteten. Sie reichte die Schüsseln in das Eßzimmer, wo in gewohnter Eisigkeit Lady Gwendolyn und Sir Edward einander gegenübersaßen und beharrlich schwiegen, ließ sich von Nannie noch über die Vorzüge ihres Bräutigams berichten und schlüpfte dann, als niemand mehr sie brauchte, durch das Hintertor in den Park.

Sie wollte den langen hellen Frühlingsabend, in dessen Vogelrufen schon die Süße des beginnenden Sommers schwang, für einen kleinen Spaziergang nützen. Ohne Plan schlenderte sie dahin und war plötzlich bei dem gelben Haus.

Die Magnolien rechts und links der steinernen Treppe, die zum Haus hinaufführte, leuchteten mit allen ihren elfenbeinfarbenen Blüten und sahen aus wie eine kostbare Leibwache, zum Schutze eines unsichtbaren Hausherrn aufgestellt. Stasi hatte Magnolien schon immer geliebt, aber noch nie so viele und so mächtige an einem Platz gesehen. Sie setzte sich in die Mitte der Steintreppe, zwischen die weißen Blüten, und dachte an Henrys spöttisches Gesicht, als er vorhin zur Koppel ging.

War alles nur ein Traum gewesen zwischen goldenen Ginstern? Oder hatte er sie wirklich geküßt? Wahrscheinlich bedeutete es nichts, ihm nichts, und es war eben nur *kissing time* gewesen, Zeit zum Küssen, so wie das ganze Jahr, wenn der Ginster blüht, und vielleicht hatte Lady Gwendolyn in ihrer perfiden Art eben das sagen wollen.

Ein Fenster über ihr knarrte und schwang in seinen Angeln. Stasi stand erschrocken auf. Sie horchte angestrengt: wieder ein Knistern und leises Poltern im Haus, als ob jemand sich darin bewegte. Wieder horchte Stasi, und in die Stille hinein hörte sie ihr eigenes Herz klopfen. Zu dumm, wie würde Henry sie jetzt auslachen!

Sie fröstelte mit einem Male und lief den Weg nach Silverdale zurück. An der Biegung hielt sie noch einmal an: still und geheimnisvoll lag das gelbe Haus zwischen den festlichen Magnolien.

Ein schönes Haus, dachte Stasi, schade, daß es leer steht. Dann ging sie rasch nach Silverdale und in ihr Zimmer. Es war ein langer Tag gewesen.

Haus-Party mit Zwischenfällen

Nach dem anstrengenden Wochenende in Cornwall war Lady Gwendolyn umgehend nach London abgereist, um ihren Herzspezialisten aufzusuchen. Um der Wahrheit die Ehre zu geben: sie hinterließ keine sehr große Lücke auf Silverdale.

Nannie, die ohnehin den Haushalt versorgte, tat es jetzt müheloser, weil keinerlei überraschende Anordnungen sie darin behinderten, Sir Edwards Gesicht zeigte Heiterkeit und Seelenfrieden, wenn er am Morgen nach dem Frühstück, das er mit Henry, Stasi und Julian einnahm, in den Garten hinausschritt, und nicht einmal Muffetts Faulheit und Trunksucht konnten ihn verdüstern.

»Gott verzeih es mir«, sagte Mrs. Muffett, einen Berg Nylonnachthemden und -unterkleider zusammenraffend, die wie zartes Föhngewölk über Madams Zimmer verstreut lagen, »aber ich komme soviel schneller mit der Arbeit zurecht, wenn Lady Gwendolyn in London ist. London ist eine schöne Stadt, wie ich höre, und hoffentlich bleibt unsere Lady lange dort!«

Stasi schloß sich innerlich diesem Wunsche an, denn nun konnte sie mit noch größerer Muße vor dem Bild des Helden von Waterloo verweilen, wenn sie Sir Edwards Studierzimmer abstaubte, und sich noch ungestörter in die Biographie Heinrich des Achten vertiefen. Ja es waren schon ausschweifende Wanderungen, die sie in das Leben dieses Königs unternahm.

Heinrich hatte sich jetzt von Katharina von Aragon getrennt. Sie führte nur mehr den Titel Prinzessinmutter, weil der König nach intensivem Nachdenken erkannt hatte, daß seine Ehe mit ihr nicht rechtskräftig, ja ungesetzlich gewesen war. Der Umstand, daß Fräulein Anna Boleyn jung, appetitlich und neu war, und die ältere Königin Katharina ihm wohl kaum mehr den ersehnten Sohn schenken würde, hatten des Königs Überlegungen sehr erleichtert und sie in die rechten Bahnen gelenkt. Seine Tochter, Prinzessin Mary, wurde bald dem, wie es hieß, schlechten Einfluß ihrer Mutter entzogen und wuchs, mehr Gefangene als Königskind, in einem finstern Schloß dritter Kategorie auf. Das wiederum verdarb ihren Charakter, was nicht weiter erstaunlich war, und trug dazu bei, sie später, als sie auf dem Thron war, zu einer bösen und mordlustigen Person zu machen, die den Henkern reichlich Arbeit gab, so daß sie als Maria die Blutige, *bloody Mary,* in die Geschichte einging.

Ja, es tat sich viel bei Heinrich dem Achten, und es war gut, daß Lady Gwendolyn in London war. Anne Boleyn wurde ohne Zeitverschwendung Heinrichs zweite Frau und Königin; die Eile empfahl sich, weil Anne bereits guter Hoffnung war, und der König allem Augenschein nach nun nicht mehr lange auf seinen Thronerben warten mußte.

Anne Boleyn war so klug als sie schön war und nützte ihre Zeit, immer mit der Verheißung des kleinen Prinzen spielend, und die Höflinge sagten, daß der König gefügig sei wie noch nie und Königin Anne aus der Hand äße wie ein Schoßhündchen. Bei so viel ehelichem Glück nahm der Hof es nur ganz am Rande zur Kenntnis, daß Katharina von Aragon einsam und gemieden auf dem Schloß ihrer Verbannung starb – ein bißchen plötzlich, munkelte man im Volk und sprach davon, daß ihr Herz, als der Leibarzt die Obduktion vornahm, schwarz und zerfressen gewesen sei, was auf Gift deute. Nun wie immer, auch den Leuten jener Zeit war das Hemd näher als der Rock, und niemand hatte Lust, wegen einer verlorenen Sache in die feuchten Gewölbe des Towers zu wandern.

Stasi las und las, dazwischen ging sie in den Garten, die Kapaune zu füttern, die immer noch gleich zänkisch und widerlich waren, deckte Tee- und Frühstückstische und vermied es, Henry allein zu treffen.

Doch eines Tages kehrte Lady Gwendolyn recht angeregt und mit vielen Einkäufen aus London zurück, schwenkte eine Gästeliste und verkündete den unerfreut lauschenden Familienmitgliedern, daß sie zwölf interessante Leute zu einer Haus-Party für das kommende Wochenende eingeladen habe.

Die Hauptlast der zu erwartenden Arbeit traf Nannie, und nur der kornischen Verlobung war es zuzuschreiben, daß sie die am Wochenendhorizont drohende Heimsuchung mit düsterer Gelassenheit zur Kenntnis nahm und keine Palastrevolution vom Zaune brach.

Sir Edward war recht ärgerlich, gerade jetzt fiel so manches Unaufschiebbare im Park an, und außerdem hatte er mit dem Gedanken gespielt, gleich nach der Rückkehr seiner Gattin zu einer Ausstellung neuer Rhododendronsorten nach Wisley zu fahren. Daraus wurde nun nichts.

Er gestattete sich den Luxus eines kleinen negativen Kommentars: »Ich sehe nicht ein, warum wir eine Horde fremder Leute, von de-

Lady Gwendolyn

nen ich gewiß achtzig Prozent unausstehlich finde und die eine Eiche nicht von einer Buche unterscheiden können, drei Tage lang auf dem Hals haben müssen! Aber bitte – du hast sie ja wohl schon gebeten.«

»In der Tat habe ich das getan«, erwiderte Madam mit einiger Schärfe, »schließlich will ich hier nicht ganz verbauern, und ein paar geistige Anregungen tun uns allen gut.«

»So, tun sie das!« murmelte Sir Edward und sog erbost an seiner Pfeife.

»Ich weiß gar nicht, warum du dich so anstellst«, fuhr Lady Gwendolyn, der eingefallen war, daß ein verstimmter Hausherr sich vor den Gästen schlecht machte, mit etwas geschmeidigerer Stimme nun fort: »Deine Mutter veranstaltete doch oft große und aufwendige Wochenend-Parties –«

»Ja, und sie waren mir immer ein Greuel und meinem Vater auch!« unterbrach sie Sir Edward schroff.

»Und schließlich mußt du meine Freunde auch nur zu den Mahlzeiten sehen, nicht wahr?« Madams Stimme klang fast einschmeichelnd.

»Auch das ist schon zuviel«, sagte Sir Edward und ging hinaus.

Henry betrachtete seine Eltern amüsiert, und Stasi war es peinlich, Zeugin des Wortwechsels zu sein. Doch Lady Gwendolyn sagte munter und fröhlich: »Kommen Sie, Stasi, wir wollen mit Nannie die Speisenfolge besprechen, und dann werde ich noch einmal einkaufen fahren müssen.«

Die Eßkonferenz ließ Böses ahnen, und Stasi nützte den Einkaufstag Lady Gwendolyns, um noch einmal ausgiebig vor der großen Party in Heinrichs Lieben und Leben einzutauchen.

Im gegenwärtigen Augenblick war es besonders spannend. Königin Anne war niedergekommen, nur leider nicht mit dem versprochenen Prinzen, sondern mit einer sehr mickerigen und armseligen kleinen Prinzessin, der man den Namen Elisabeth gab, und von der der enttäuschte und erzürnte Vater in keiner Weise ahnen konnte, daß ihr Ruhm einst über die Meere der Welt getragen würde.

Nein, im Augenblick war der König nur zornig und grübelte, ob nicht auch diese zweite unglückselige Heirat ein Fehler und schwarzer Magie zuzuschreiben sei, und Anne Boleyn, schwach wie sie von der schweren Niederkunft noch war, hatte ihr Selbstvertrauen und ihre Stärke verloren, jene unabdingbaren Eigenschaften des Jägers, der ein launisches und gefährliches Raubtier besiegen will.

Nachdenklich verließ Stasi ihre Lektüre, die zweite Königin Heinrichs tat ihr schon fast wieder leid, obwohl sie doch leichten und kalten Herzens die von Natur und Jahren weniger begünstigte Katharina hinuntergetreten und die Gunst der Stunde für sich genützt hatte. Lange war das Rad ihres Glückes nicht auf seinem Scheitelpunkt stehengeblieben, und nun war Anne Boleyn dabei, ihr Spiel zu verlieren. Der König war ihrer müde und ließ sie kurzerhand in den Tower bringen. Er war auch nicht geneigt, den ermüdenden und wenig Erfolg verheißenden Instanzenweg der Ehescheidungsgerichte zu gehen, die ihm noch von Katharina her im Magen lagen. Nein, da gab es etwas viel Besseres: er unterschrieb das Urteil für eine alsbaldige Hinrichtung. Der Tod war eine glatte Sache und bereinigte schwebende Angelegenheiten auf das eindeutigste.

Geistesabwesend staubte Stasi ein Flakon nach dem anderen auf Lady Gwendolyns Toilettentisch ab. Sie mußte sich beeilen, es war bald Zeit zum Tischdecken, und sie hatte das Nachtkästchen noch nicht geordnet. Doch dann sah sie das Buch da liegen und verfiel noch einmal Heinrich dem Achten: Anne Boleyn, die so schön und ehrgeizig gewesen war, sich mit vitaler Habgier ans Leben geklammert und sich genommen hatte, was sie bekommen konnte – die schönen Gemächer in Greenwich und alle die kostbaren Dinge und Gerätschaften Kardinal Wolseys aus Hampton Court –, sie mußte nun den gleichen Weg gehen wie Thomas Morus und John Fisher und wurde ihrerseits hinuntergetreten in die Schmach und in einen bitteren Tod.

Rasch und beschämt schlug Stasi das Buch zu, und lief in das Eßzimmer hinunter. Zerstreut nahm sie die Silbervögel aus der Anrichte und setzte sie auf den Tisch, war ein bißchen traurig über die Vergänglichkeit alles Irdischen und ärgerte sich, daß sie so verrückt war, über diese längst vergangenen trübseligen Geschichten traurig zu sein.

Henry kam herein, er war eben von einem Ausritt zurückgekehrt und sah frisch und gebräunt aus. Mit einer leichten Handbewegung schloß er die Durchreiche zur Küche, hinter der man Nannie schalten und walten hörte, betrachtete Stasi mit seinem undefinierbaren Blick und fragte sie, ob sie am Nachmittag einen Spaziergang mit ihm machen wolle.

Stasi lehnte ab: Sie müsse Nannie helfen, die angesichts der drohenden Party in Arbeit ersticke. Diese Absage war heftiger als nötig, so, als lasse sie den einen Henry die Verfehlungen und Abscheulichkeiten des anderen büßen. Henry zuckte die Achseln und sagte mit unbeteiligter Stimme, daß die Mädchen vom Kontinent offenbar sehr launenhaft wären, und daß sie dieser Zug viel weniger anziehend mache, dann ging er und überließ die verwirrte Stasi dem rasch stärker werdenden Sog der Wochenend-Party.

Mrs. Muffett mußte nun auch am Nachmittag kommen, und gemeinsam mit Stasi putzte sie das Silber in der Geschirrkammer. Sie sah bekümmert aus, dachte Stasi mit einem mitfühlenden Seitenblick auf die emsig polierende Mrs. Muffett, aber es war wohl kein Wunder, wenn man bedachte, daß sie ihr Leben an der Seite des wenig anregenden und selten nüchternen Mr. Muffett verbringen mußte. Mrs. Muffett rieb mit Hingabe die Wölbung eines Suppenschöpflöffels, und plötzlich seufzte sie schwer.

»Bedrückt Sie etwas, Mrs. Muffett?« fragte Stasi. Die kleine abgearbeitete Frau tat ihr leid.

»Ach, Miss Stasi, es ist nur wegen Geoff. Er hatte solche Mühe, einen neuen Job zu bekommen, alles will er nicht annehmen, wissen Sie, mein Sohn ist ein wenig wählerisch —«

Ja, und am liebsten würde er wohl gar nicht arbeiten, dachte Stasi im stillen.

»Aber dann bekam er die Anstellung in dem Warenhaus in Bournemouth, und ich war so froh darüber«, fuhr Mrs. Muffett fort, legte die Schöpfkelle weg und wischte sich über die Augen: »Und denken Sie nur, jetzt hat man den armen Jungen des Diebstahls verdächtigt und hinausgeworfen. Natürlich hat er es nicht getan, aber niemand glaubt ihm.« Sie seufzte wieder und suchte ihr Taschentuch: »Die Welt ist nicht gut zu Geoff, Miss Stasi, nein, gewiß nicht, und nun wird er wieder nach Hause kommen und seine bösen Launen haben.« Sie schwieg und nahm entschlossen den nächsten Löffel zur Hand.

Geoff bietet der Welt auch sehr wenig an. Er investiert kaum Mühe ins Leben, wie will er also hoffen, etwas herauszubekommen, wollte Stasi sagen, ließ es aber sein, denn es war wohl hoffnungslos, das einer liebenden Mutter klarzumachen. Geoff war ihr einziger Sohn und würde für sie immer nur das Opfer einer lieblosen Umwelt sein.

Lady Gwendolyn kam, und unter ihrer persönlichen Aufsicht wurde das herrliche *Crown Derby*-Geschirr aus seinen Fächern geräumt, wo es von Fest zu Fest auf seine Stunde wartete. Stasi, die eine Schwäche für schönes Geschirr hatte, war hingerissen: im wunderbaren Farbdreiklang von Weiß, Kobaltblau und Orange, dem ein wenig Gold beigemischt war, entfalteten sich die Muster auf den Anrichteplatten und Tellern, und Stasi stellte jedes Stück langsam und mit Bedacht auf den Tisch und betrachtete es ausgiebig.

»Stasi«, rief Madam, »Sie werden noch vor Entzücken versteinern! Ich glaube, es ist ökonomischer, Sie in die Küche zu Nannie zu schicken, ich kann ja Mrs. Muffett ein wenig helfen.« (Was natürlich bedeutete, daß Mrs. Muffett nun allein mit dem Geschirr fertig werden mußte.)

Stasi ging also in die Küche, wo Nannie mit grimmigem Gesicht, dem man die kornische Verlobung kaum noch ansah, an einem großen zibeben- und zitronatdurchsetzten Kuchenteig rührte. Vor ihr saß Timothy und hatte fest, dringlich und unverwandt eine Pfote auf Nannies Hüfte gelegt, womit er kundtun wollte, daß er an dem Teig stark interessiert sei. Er blickte unablässig, mit einer Art hypnotischer Treuherzigkeit auf das Objekt seiner Wünsche, eine Methode, die in seinem bisherigen Leben schon recht schöne Erfolge gezeitigt und Timothy reichlich zu Leckerbissen aller Art verholfen hatte.

Ein Stück weiter und wesentlich dezenter saß Jonathan, die zierlichen Pfoten manierlich über der Brust baumelnd, aufrecht wie ein Reiterstandbild auf den Hinterbeinen und blickte ebenfalls begehrlich auf den Kuchenteig. Dazwischen stieß er kleine hohe Schnaufer aus, die einen trübseligen Kontrapunkt zum regelmäßigen Anschlagen des Rührlöffels bildeten.

Nannie wendete kaum den Kopf und deutete auf die Anrichte: »Sie können Biskuitteig in die kleinen Törtchenformen füllen und dann einen Klecks Maulbeergelee in die Mitte tun. Wir werden jede Menge davon brauchen, für alle die Leute aus London. Es sind wieder einmal Künstler«, setzte sie geringschätzig hinzu, »und die essen viel, weil sie zu Hause nichts haben.« Sie gab dem Rührteig einen abschließenden Klaps und stülpte ihn düster in eine Kuchenform.

Dann ging sie daran, eine enorme Fleischpastete zu machen, und Stasi half ihr dabei. Es war still im Haus, nur vom ersten Stock tönte, mehr falsch als erhebend und enervierend wie am ersten Tag, die britische Hymne aus dem Munde Julians. Stasi versuchte, nicht hinzuhören, aber das unselige Kind begann, kaum beim letzten Ton angelangt, wieder von vorne: »*God save the Queen ...*«

Schweigend reichte Stasi Fleischstücke und Lauchstangen, Speckscheiben und Karotten an Nannie weiter, und beide konnten nicht umhin, der Hymne zu lauschen.

»War Julian immer schon schwierig?« fragte Stasi.

»Die Schwierigkeit begann damit, daß er überhaupt geboren wurde«, entgegnete Nannie und schnitt den Speck in Würfel: »Lady Gwendolyn machte ein großes Theater wegen ihres Herzens und so, und Sir Edward hatte in dieser Zeit nichts zu lachen.«

Stasi hörte eifrig zu und erfuhr die ganze Geschichte, wie Julian, das triefnäsige und sommersprossige Kind, zum Erstaunen aller eines Tages geboren wurde – und zwar ohne die von seiner Mutter rachsüchtig prophezeiten Herzkomplikationen. Er war ein unmotivierter Nachzügler, dessen man nicht unbedingt bedurft hätte und über den man nur in Grenzen froh war. Noch ging er ja in die Grundschule, aber jedermann im Haus sah mit herzlicher Freude dem Zeitpunkt entgegen, wo er in eine der traditionsreichen Schulen des Landes abziehen würde, wo er bestens verwahrt war und nur in den Ferien heimkommen würde.

Dann kam das Wochenende, und eine Horde schnatternder, sich angeregt und heiter gebärdender Gäste ergoß sich über Silverdale House und den Park. Sir Edward zog sich fast gänzlich in den Garten zurück, er arbeitete dort wesentlich mehr und länger als Muffett, und erschien nur zu den Mahlzeiten im Haus – um die befohlenen Pflichtübungen abzuleisten.

Es waren vorwiegend jüngere Leute; Lady Gwendolyn liebte es, sich mit jugendlichen Freunden zu umgeben, es demonstrierte ihre eigene Jugendlichkeit, an deren Erhaltung sie so listig und konsequent arbeitete, und es waren recht verwegene Gestalten darunter, die ihre Verachtung der bürgerlichen Gesellschaft teilweise schon in der Kleidung ausdrückten, was sie aber nicht daran hinderte, die Freuden und Annehmlichkeiten des *Establishment* nach Kräften zu kosten und auszunützen.

Neben überschlanken knabenhaften jungen Frauen gab es eine Reihe bärtiger Männer, unter denen einer durch besonders präpotentes und selbstgefälliges Gehaben auffiel. Es war Cecil Delmonte, Sohn italienischer Einwanderer, englisch also in der zweiten Generation und erst leicht übertüncht. Madam stürzte mit einem Jubelschrei auf ihn zu, er war offenbar der Star unter ihren Gästen, und begrüßte ihn mit »Liebster Cecil, mein Schatz« und ähnlichem auf das überschwenglichste.

Cecil Delmonte, der schlecht und recht im Londoner Künstlerviertel Chelsea wohnte, war ein gewiegter Party-Schnorrer, wobei er Einladungen mit inklusiven Nächtigungen solchen zu bloßen

Mahlzeiten vorzog. Kein Mensch von Verstand konnte es ihm übelnehmen, daß er lieber in ländlich gelegenen schloßartigen Ansitzen aufwachte, als in seinem schäbigen Chelseaer Zimmer mit dem verschossenen Spannteppich, den billigen Lackmöbeln und dem Gasgeruch, der bei Ostwind von den riesigen Schloten des nahen Battersea-Gaswerks herübergetrieben wurde und ihn immer in die unerfreuliche Stimmung eines verhinderten Selbstmörders versetzte.

Nun, oft mußte Cecil das Gas nicht riechen, denn er verstand es wie gesagt ausgezeichnet, sich mit einem intellektuellen, künstlerisch verbrämten Flair zu umgeben, das törichte Damen immer wieder bewog ihn einzuladen.

Er hätte natürlich etwas arbeiten und seine triste pekuniäre Lage auf diese Weise rasch verbessern können, aber er wollte sich die schönen Tage seines Lebens nicht mit Arbeit ruinieren. Außerdem mutmaßte und befürchtete er, daß Arbeit seine Intuitionen zerstören könnte, und so saß er tagsüber lieber im Hydepark an der Serpentine, erging sich in Richmond oder fütterte weltverloren die exotischen Enten im St. James Park, indem er Körner von den anmutigen kleinen Brücken streute und dabei die Wolken hinter den Türmen der Stadt betrachtete.

Cecil Delmonte war ein malender Dichter oder dichtender Maler, ganz genau wußte er das selbst nicht. Nach Werken aus einer der beiden Kunstsparten befragt, antwortete er seinen Verehrerinnen freilich ausweichend. Die verwirrende Fülle von Talenten und Einfällen hinderte ihn vorderhand daran, sich konkret zu betätigen. Außerdem, so sagte er, wäre es für seine künstlerische Entwicklung sicher verhängnisvoll, wenn er sich zu früh festlegte und so neue Wege verbaute. Demnach konnte er allerdings noch lange warten, bis seine Werke ihn ernähren und aus dem gasgeschwängerten Chelseaer Zimmer herausführen würden. Ja, Cecil Delmonte war wirklich nicht um seine Probleme zu beneiden, und die Frauen um ihn taten das einzig Mögliche und Gebotene: sie waren gut zu ihm.

So sehr waren sie das allenthalben und an jedem Ort, daß Cecil schmerzlich berührt und überrascht war, als Stasi auf seine Huldbezeigungen recht ablehnend und negativ reagierte. Sie übersah ihn, denn Männer seiner Art hatten ihr schon von jeher Brechreiz verursacht. Henry bemerkte das mit tiefer Zufriedenheit und behandelte den Vorzugsgast seiner Mutter mit arktischer Kälte, die er mit den Eisnadeln seines Spottes spickte.

Am selben Nachmittag, an dem die Londoner Clique eingetroffen war, erschien auch bescheiden und wesentlich stiller, dem Taxi ein solides Köfferchen entnehmend, Sir Edwards einziger Gast, den er sich, als die Hausparty nicht mehr abzuwenden war, zum Trost seines Herzens und als erfrischenden Quell in der Wüste gewissermaßen, eingeladen hatte.

Der Freund Sir Edwards, ein Junggeselle, bewohnte ein einsames strohgedecktes Haus in der Heide von Dartmoor und widmete sich der Zucht und Veredelung von weißem Heidekraut, das als Glücksbringer sehr geschätzt wird und dessen Versand ihn, zusammen mit dem Verkauf von Heidehonig, bescheiden ernährte. Die beiden Herren hatten sich über eine Zuschrift an den Gärtner-Almanach kennengelernt und besuchten einander ab und zu.

Gleich nach dem ersten Tee, bei dem der freundliche Herr aus Dartmoor mit zurückhaltender Mißbilligung die jungen Frauen betrachtet hatte, die sich recht freizügig, natürlich unter dem Mantel strengster Wissenschaftlichkeit, über ein sexuelles Thema unterhielten, machten die beiden Freunde eine Runde durch den Park, um zwischen der Lieblichkeit violetter und weißer Rhododendren und des letzten im Schatten blühenden japanischen Kirschbaums jene Klarheit und Stille wiederzugewinnen, die ihnen inmitten des öden und emanzipierten Gewäsches im Speisezimmer abhanden gekommen war.

Der Freund aus Dartmoor beugte sich zu einer stark duftenden gelben Azalee, atmete langsam und tief, seufzte und sagte zu Sir Edward: »Ich erinnere mich noch einer Zeit, wo Frauen ihre freien Stunden nicht damit verbrachten, über die Länge oder Kürze ihres Orgasmus nachzugrübeln, sondern ein paar vernünftige Sachen im Kopf hatten, wie Kochrezepte oder den rechten Zeitpunkt für das Einlegen von Dahlienknollen.«

»Mhm«, brummte Sir Edward, der versuchte, sich eine Pfeife anzuzünden, und zwischen den ersten Zügen fügte er hinzu: »Muß lange her sein!«

Dann schlenderten sie weiter, tauschten Erfahrungen über neue, regenfestere Arten von Rittersporn aus – Sir Edward hatte ein Beet davon vor der Terrassenmauer angelegt – und vergaßen die Menschen in Silverdale House. Jene waren indessen sehr rege und ergossen sich nach Beendigung ihrer tiefschürfenden Gespräche in das Gelände, lachten laut und verstreuten leere Zigarettenschachteln hinter den Büschen, was Sir Edward besonders erbitterte.

Ghostie spielt Violine

Die Unruhe im Haus setzte offenbar auch Ghosties Nerven zu und er beschloß, im wahrsten Sinn des Wortes in Erscheinung zu treten, aus seiner Geisteranonymität emporzutauchen und der Party-Gesellschaft neuen Gesprächsstoff zu liefern. Anscheinend hatte er erfaßt, daß vorwiegend Künstler im Haus waren und beschloß, etwas Apartes in Szene zu setzen, nicht einen jener kindischen Stör- und Poltergeist-Akte, in deren Verlauf er Dinge verschüttete, zerbrach und verwirrte. Nein, diesmal schwebte ihm etwas Lyrisch-Erhabenes vor, etwas, das nicht Ärger, sondern Weltschmerz und einen leisen Rückenschauer verursachen sollte.

Und so kam es, daß etwa um zwei Uhr morgens, als auch der letzte Party-Gast nach einem reichlichen Dinner in den Schlaf gesunken war, ein melodisches Klingen durchs Haus tönte, der zitternde süße Ton einer Geige, die seit zwei Generationen verstaubt in einem Kasten hing.

Zuerst meinte jeder von dem Lied zu träumen, aber dann wurde es seltsam klar und eindringlich, und einer nach dem andern in Silverdale setzte sich in seinem Bett auf und hörte nun deutlich *Greensleeves,* jenes Liebeslied, das der junge König Heinrich der Achte geschrieben hatte, und in welchem er die grünen weitwallenden Ärmel seiner Herzensdame pries.

Für Stasi, die ohnehin in einem mit Schuldbewußtsein durchsetzten Wachtraum aus Heinrichs des Achten Welt wandelte, kam das Lied wie ein Schlag, sie saß mit aufgerissenen Augen im Bett und horchte, und plötzlich mußte sie an Henry denken. Dieser jedoch, weit davon entfernt ergriffen und getroffen zu sein, saß keineswegs sinnend in seinem Bett, sondern sauste schon, den Schlafrock anziehend, über die Treppe ins Erdgeschoß. Da hörte er sehr zu seinem Ärger, wie das Lied plötzlich in einem hohen Mißton abbrach.

Rasch lief er durch den Korridor, wo er mit seinem Vater zusammenstieß. Die Verzögerung einer Sekunde gestattete es Ghostie offenbar sich zurückzuziehen, und er hatte sogar noch Zeit gefunden, die Geige in den Kasten zu hängen. Nur die Tür des Schranks stand weit offen und bewies, daß sie nicht allesamt geträumt hatten.

»Wer zum Teufel hat denn –«, wollte Sir Edward fragen, als Cecil Delmonte ins Zimmer trat, gefolgt von anderen notdürftig bekleideten Gästen. Henry warf ihm einen wütenden Blick zu, den Mr. Delmonte gar nicht zur Kenntnis nehmen konnte, denn er ging in sehr wirkungsvoller schlafwandlerischer Weise auf den Kasten zu und strich mit den Händen über die Geige. Dann wandte er sein Gesicht mit schmerzlicher Ergriffenheit dem Mond vor dem Fenster zu: »Der Einbruch einer anderen Welt, ja, das war es, als solchen habe ich das zauberhafte Lied empfunden!« Er fuhr sich über die Stirn: »Und ich habe das gespürt, ich habe diese außerirdische Existenz, diesen Geist, wenn Sie ihn so nennen wollen, mit einem armen und unzulänglichen Wort, schon in dem Augenblick gespürt, als ich die Schwelle dieses Hauses überschritt.«

Die andern beeilten sich nun sehr zu versichern, daß auch sie sofort etwas gespürt hätten – schließlich waren sie ja alle künstlerische Menschen, hochsensibel, und niemand wollte an Feinnervigkeit und parapsychologischer Wachheit hinter den anderen zurückstehen.

Es entstand ein großes Palaver, Sir Edward hatte den Raum schon bei Delmontes ersten Worten verlassen, und Henry ergriff jetzt die Flucht; dies um so entschlossener, als eben seine Mutter hereinrauschte. Sie schien verwirrt, hatte es aber doch noch vermocht, ihren allerschönsten Morgenmantel anzuziehen. Er war mit Anemonen bestickt und zog eine wahre Bugwelle an Rüschengekräusel hinter sich her. Sie legte beistandheischend eine Hand auf Cecil Delmontes Schulter und bedauerte mit müder Stimme den Vorfall.

Stasi war abwartend im oberen Treppenhaus stehengeblieben, sie hatte keine Lust, unter alle die schnatternden Gäste zu gehen. Da kam Henry heraufgelaufen. Er blieb bei ihr stehen, betrachtete sie forschend, und dann war in seinen Augen ein Lächeln, aus dem jeder Spott gewichen war: »Du hast dich doch hoffentlich nicht gefürchtet?«

Stasi schüttelte heftig den Kopf.

»Schlaf weiter! Ich hoffe, das blöde Volk da unten beruhigt sich auch bald!« Dann strich er sehr behutsam eine Haarsträhne aus Stasis Stirn und ging rasch weg. Stasi stand noch ein paar Augenblicke still am Treppenabsatz und fühlte sich durch die zärtliche leichte Berührung seiner Hand getröstet und erquickt.

Der unruhigen Nacht folgte ein spätes Frühstück, und dann brach die ganze Gesellschaft geräuschvoll auf, um ein in der näheren Umgebung gelegenes Dorf mit Fachwerkhäusern und strohgedeckten Cottages zu besichtigen. Man wollte erst zum Dinner zurück sein.

Es gab viel Arbeit in der Küche, Nannie wußte nicht, wo ihr der Kopf stand, Mrs. Muffett fuhr wie eine aufgescheuchte Maus durchs Haus, und Stasi bemühte sich, der armen Nannie nach Kräften zu helfen. Das Abschiedsdinner sollte zugleich der Höhepunkt für die Gäste sein und warf seine Schatten voraus.

Erst am Nachmittag kam Stasi dazu, Lady Gwendolyns Zimmer abzustauben. Sie hatte sich fest vorgenommen, keinen einzigen Blick auf das geschlossene Buch König Heinrichs zu werfen, aber dann, in der durchsonnten Stille des Nachmittags, durch den nur das schläfrige Hacken Mr. Muffetts klang, der träge ein Rosenbeet unter dem Fenster bearbeitete, war es Stasi, als hörte sie wieder *Greensleeves,* und die eindringliche und süße Melodie ließ ihre Vorsätze schmelzen.

Sie sank auf Lady Gwendolyns Bett und blätterte hastig: die Zeiten in England wurden immer verworrener. Heinrich, nun Haupt der Kirche, ließ die reichen Klöster des Landes aufheben, und ihr Geld und ihre Schätze flossen in des Königs Tasche. Sir Thomas Cromwell, des Königs Siegelbewahrer und Sekretär, sorgte für die rigorose Ausführung des königlichen Erlasses.

Stasi ließ das Buch sinken, blickte hinaus in den hellen Frühsommerhimmel, und ihre rege Phantasie zeigte ihr erschreckende und traurige Bilder: Pergamentseiten aus unersetzlichen Büchern, die wie purpurne Blätter mit eingelegten Goldinitialen durch die Gärten flogen, zerstörte Blumen, für immer verschwendet ...

Stasi hörte nicht, wie unten die Autos vorfuhren, sie war wie gefangen in der Trübsal jener Zeit. Plötzlich ging die Tür auf und Henry kam herein:

»Da steckst du, das habe ich doch gedacht! Meine Mutter ist schon im Haus!« Mit einem Blick hatte er die Situation erfaßt, stand neben ihr und nahm das Buch aus ihrer Hand:

»Was liest du denn da? Du lieber Gott: Leben und Zeit König Heinrichs des Achten.« Er sah sie an: »Du bist ein lustiges Mädchen, wie soll man aus dir klug werden! Und jetzt geh schnell, eigentlich hätte ich noch einen Kuß verdient – für die Lebensrettung!«

Aber Stasi war schon weg, sie lief so schnell ihre Füße sie trugen und begann hastig den großen ovalen Tisch für das Dinner zu decken.

Es gab Roastbeef und *Yorkshire pudding,* gebackene Kartoffeln und jenes britischeste aller Gemüse, nämlich grüne Erbsen, und noch allerlei erfreuliche Dinge drum herum.

Sir Edward gegenüber saß Cecil Delmonte, er aß und trank reichlich von allem, was das gastliche Haus bot, und ließ im übrigen keinen Zweifel darüber, daß er unter der geistigen Inferiorität seiner Umgebung litt.

Zum Nachtisch gab es *trifle,* einen kunstvollen Aufbau, der in schöner Harmonie diverse Eiscremes, Biskuitscheiben, gedämpfte Früchte, in Sherry getränkt, und Schlagobers vereinte. Man löffelte, und das Gespräch kam wieder auf Ghosties nächtlichen Auftritt. Einige der jungen Damen beteuerten, daß sie noch immer etwas angegriffen seien. Lady Gwendolyn brach eine Lanze für den Hausgeist von Silverdale: »Aber Ghostie ist doch harmlos, er hat noch nie jemandem etwas zuleide getan«, sagte sie mit ihrem breitesten Lächeln, »er ist nicht eines jener schrecklichen Gespenster, die einem plötzlich im Schlaf feuchtkalte Hände auf die Stirn legen oder mit eisigen Knochenfingern den Hals umklammern.«

Cecil hatte einen der Silbervögel wie absichtslos aufgenommen und wog ihn in der Hand, als prüfe er sein Gewicht, seine Augen wanderten von Lady Gwendolyn zu Sir Edward, der offensichtlich schlechter Laune war. Ein kleines Lächeln der Genugtuung spielte um Cecils Mund.

Sir Edward räusperte sich: »Würden Sie die Güte haben, Sir, und diesen Vogel wieder auf den Tisch stellen, bevor Sie seinen Inhalt verschütten?«

Cecils Lächeln intensivierte sich und sein Blick, mit dem er nun Sir Edward maß, zeigte deutlich, daß die Antipathie beiderseitig und uneingeschränkt war: »Oh, ich bitte um Entschuldigung, eine kleine Spielerei von mir. Sie werden das natürlich nicht verstehen, aber sehen Sie, für mich als Künstler, als Lyriker, ist ein Vogel, und nun gar einer von dieser silbernen Anmut, einfach etwas Faszinierendes, so etwas wie ein Brennglas der Phantasie.«

»Dieser ist ganz einfach ein Salzfaß«, sagte Sir Edward trocken, »und wenn Sie die Schwanzfedern der beiden anderen hochklappen, werden Sie darunter Pfeffer und Senf finden.«

Cecil überhörte das und wandte sich wieder der allgemeinen Unterhaltung zu: »Sagen Sie, Lady Gwendolyn, hat eigentlich nie jemand Ihren Hausgeist gesehen?«

»Doch«, antwortete Madam mit einem Blick auf Sir Edward, der vor unterdrücktem Zorn rot geworden war, ihm ging das Geistergespräch unsäglich auf die Nerven, »aber das ist schon ein paar Generationen her. In jüngster Zeit gibt er sich nur in kleinen, oft törichten Störmanövern kund, oder so wie letzte Nacht, obwohl dieser Auftritt gar nicht charakteristisch für ihn war. Er wird mit den Jahren immer weniger faßbar, wie schwächer werdende Klopfzeichen eines hinter dicken Mauern Eingeschlossenen.«

»Wie schön Sie das gesagt haben«, meinte Cecil versonnen und nahm sich eine zweite Portion *trifle*.

Sir Edward, der befürchtete, seinen Appetit zu verlieren und nicht mehr in den Genuß des schönen Stilton-Käses zu kommen, wenn er noch länger dem Gespräch seiner Gäste lauschte, wandte sich dem Freund an seiner Seite zu, jenem, der auf der winddurchbrausten Hochebene von Dartmoor weißes Heidekraut züchtete, und fragte ihn leise, ob er nach dem Dinner noch zu einem kleinen Spaziergang in den Park bereit wäre: die weißen Magnolien vor dem gelben Haus sähen in der frühen Dämmerung immer besonders schön aus, wie Elfenbein, hinter dem man eine Kerze angezündet hätte.

Der Stilton wurde herumgereicht, und Sir Edward wollte sich eben erfreut eine Scheibe dieses ausgezeichneten Dessert-Käses einverleiben, als er Cecil Delmonte, der der irrigen Ansicht war, daß ihn jedermann am Tisch hören wollte, mit erhobener Stimme sagen hörte:

»Die überkommenen Kategorien von Gut und Böse, an sich primitiv, sind jetzt natürlich völlig veraltet und von neuem Ideengut überrollt.«

Sir Edward beugte sich zu seinem Sohn und flüsterte ihm zu: »Wie sind wir eigentlich an diesen unmöglichen Kerl geraten?«

»Er ist eine von Mutters Kulturtrophäen und macht offenbar gerade in der Londoner Avantgarde von sich reden«, murmelte Henry.

Indessen fuhr Cecil fort, die Morgenröte einer neuen Zeit zu verkünden: »Eines nur zählt: die Entfaltung der eigenen Persönlichkeit. Was ihr dient, ist richtig, um das altmodische Wort ›gut‹ zu vermeiden, was sie hemmt, ist falsch und muß radikal über Bord geworfen werden. Die Entfaltung der Persönlichkeit sollte für jeden geistig verantwortungsvollen Menschen der einzige Maßstab seines Handelns sein.«

Lady Gwendolyn hatte Cecil, während er sprach, mit schrankenloser Bewunderung betrachtet. Und als er nun schwieg und sich dem Stilton zuwandte, rief sie spontan: »O Cecil, wie interessant, in der Tat faszinierend, und so originell!«

Sir Edward schob mit einer abrupten Bewegung sein Käseteller von sich. Dieses unerfreuliche Dinner war für ihn beendet. Er beugte sich zu Cecil vor, und mit einer Stimme, die eine Nuance ruhiger und tiefer war als sonst, sagte er: »Glauben Sie nicht, junger Mann, daß die Entfaltung verschieden gearteter Persönlichkeiten auf einem so dichtbesiedelten Planeten wie dem unseren schwierig wäre? Der vielleicht ebenfalls altmodische Begriff der Fairneß, der eine der Grundsäulen dieses Landes ist, müßte jener von Ihnen gepriesenen Persönlichkeitsentfaltung wohl Grenzen setzen.

Ich wurde in der Anschauung erzogen, daß Fairneß ja letzten Endes nichts anderes bedeutet als ein einsichtiges und anständiges Raumgeben für die Entfaltung eines anderen, damit er seinerseits wachsen und sein Gesetz verwirklichen kann. Sie und Ihre Generation müssen erst beweisen, daß ich irre. Und jetzt entschuldige mich bitte, Gwendolyn, ich habe noch im Garten zu tun.«

Er stand auf, wandte sich fragend seinem Freund zu, der nun eine Entschuldigung murmelte und verlegen seine Serviette faltete. Die beiden Herren verließen das Eßzimmer.

Henry, der die ganze Zeit geschwiegen hatte und nur in sich den lebhaften Wunsch verspürte, Cecil einmal auf den Hörnern seiner Stiere tanzen zu sehen, stand ebenfalls auf und sagte seiner Mutter, er müsse noch auf die Koppel gehen, bevor es ganz dunkel würde.

Und damit war er auch schon draußen und schloß recht nachdrücklich die Haustür.

Cecil Delmonte saß mit hochgezogenen Augenbrauen und kühlem Erstaunen vor seinem Stilton und begegnete dem Aufmucken des *Establishment* mit betontem Schweigen.

Lady Gwendolyn lachte ein wenig mühsam, entschuldigte ihre ungebärdigen Männer, wie sie sie nannte, und fragte, ob jemand einen Sherry nehme. Man verneinte, und sie hob die Tafel auf: »Kommen Sie, wir trinken den Kaffee in der Lounge! Es ist unglaublich und recht deprimierend, wie sehr das ständige Landleben den Horizont verengt. Ich sage immer zu meinem Mann, wir müßten eine Stadtwohnung in London nehmen, aber er ist in manchen Dingen so eigensinnig.

Sie sehen, Cecil, im Grunde führe ich ein trauriges Leben, und die Kinder – ach Gott! Henry mit seinen schrecklichen Stieren wird auch noch ganz verbauern.«

Cecils Miene verriet, daß Henry ihm nicht nur wegen der Stiere unsympathisch war. Er hütete sich aber, etwas zu sagen und fragte nur leichthin, wer der imposante Herr über dem Marmorkamin in Sir Edwards Arbeitszimmer sei.

»O Cecil«, sagte Madam, froh über das neue Thema, »habe ich Ihnen wirklich unseren Helden von Waterloo vorenthalten? Kommen Sie doch alle, ich erzähle Ihnen seine Geschichte.«

Vor dem Kamin auf dem weichen Lammfell ruhte Timothy von den Strapazen eines Tages aus: Er hatte Nannie zuerst einige große Kuchenbrocken abgebettelt, sich dann sinnend und schnuppernd im Garten ergangen, und war nach einem kleinen Schläfchen auf dem Teppich der Lounge in die Küche getrottet, um dort einen großen Napf Rindsherz zu leeren. Darnach schlief er wieder, diesmal in der Diele, ging in den Garten, tobte eine Weile mit Julian, schlief wieder, diesmal in dessen Zimmer, trabte sodann in den Garten, fand einen Igel daselbst und verbellte den Unseligen auf die wolfsähnlichste Weise, indem er konzentrische Kreise um ihn zog und mit seinen Vorderpfoten den Rasen aufpflügte. Nach diesem Exzeß war er erschöpft und schlief nun endgültig, wie bereits erwähnt, auf jenem angenehmen Lammfell zu Füßen des Waterloo-Helden.

Nicht gewillt aufzuwachen, hob er nur leidend und mißgestimmt ein Ohr, als er die lärmvolle Party auf sich zukommen hörte, und beschloß, sich im übrigen totzustellen.

Aber plötzlich stand genau vor seiner Nase ein enervierendes Hosenbein mit einem Geruch, der ihm, er wußte nicht weshalb, das Fell sträubte, und als ihn nun jemand mit dem Fuß anstieß, wurde Timothy hellwach, schoß blitzartig hoch und biß rasch, gründlich und entschlossen in die Wade hinter dem Hosenbein.

Ein unheldischer Schrei hing im Raum, brach sich an der so trefflich in Öl gemalten Allonge-Perücke des Wellington-Mitkämpfers. Das Bein, nun heftig blutend, gehörte Cecil Delmonte.

»O Cecil, mein Lieber, es tut mir ja so unendlich leid! Wie furchtbar, ich werde selbstverständlich gleich unseren Hausarzt anrufen, Sie müssen eine Tetanus-Injektion bekommen, obwohl Sie unbesorgt sein können, Timothy ist ein ganz gesunder Hund.« – »Timothy, du Scheusal, geh aus meinen Augen!«

Timothy, der sich eben mit einem tiefen Seufzer und bereits wieder friedlich geschlossenen Augen erneut auf das Lammfell legen wollte, um der Ruhe zu pflegen, wurde am Nackenfell gepackt und hinausgeworfen. Er schüttelte sich kummervoll und trabte nach einer Minute des Nachdenkens zu seinem eigentlichen Schlafplatz, einer alten Schottendecke in Julians Zimmer.

Inzwischen bemühten sich alle Damen, vor allem natürlich die entsetzte Gastgeberin, um den schwach und gefaßt in Sir Edwards Lesestuhl ruhenden Cecil, man flößte ihm Sherry und mitleidsvolle Worte ein und geleitete ihn dann nach oben.

Als Henry noch einmal ins Haus kam, um eine vergessene Jacke zu holen, erzählte Stasi ihm, warum es im ersten Stock summte wie in einem Bienenkorb. Henry hörte gespannt zu, dann lächelte er hintergründig, nahm seine Jacke und sagte: »Der gute Timothy – ich ahnte schon immer, daß er ein überdurchschnittlich intelligenter Hund ist!«

Und am nächsten Morgen erzählte Nannie empört Mrs. Muffett, daß Henry noch am Abend ein rohes Steak, jawohl ein ganzes teures rohes Rinds-Steak, an den erfreuten Timothy verfüttert habe.

Cecil saß etwas bleich am Frühstückstisch, erklärte, in dieser Nacht kaum geschlafen zu haben, vielleicht auf Grund der Tetanus-Spritze, die ihm der Arzt noch abends gegeben hatte. Sein Appetit aber war ungebrochen.

Gestützt von seinen Freunden hinkte er dann zum Auto, und als endlich alle Gäste abgefahren waren, erklärte Lady Gwendolyn, daß das Haus nun zu still und zu leer sei und daß sie den Tag dazu benützen wolle, in Dorchester, diesem Nest, auf das man nun einmal angewiesen sei, einzukaufen.

Henry lächelte zufrieden hinter seiner Mutter her, als sie nach längeren Vorbereitungen und angetan mit einem abenteuerlichen Hut, dessen große gelbe Blume lebhaft an die aufgehende Sonne Japans erinnerte, die Haustür schloß, und schlug Stasi vor, ihr vormittägliches Arbeitspensum zu kürzen und ihm ausnahmsweise einmal vor Heinrich dem Achten die Ehre zu geben.

»Von Henry zu Henry gewissermaßen«, spottete er und sagte, er hätte ihr etwas sehr Schönes im Park zu zeigen, etwas, das sie gewiß noch nie gesehen habe.

Da die Lage um Heinrich den Achten, der sich zu einem rechten Scheusal auswuchs, vorderhand immer trister wurde, und Stasi ein sehr neugieriges Mädchen war, ging sie vergnügt mit Henry in den Park und freute sich, daß noch zwei Stunden bis zum Mittagessen vor ihr lagen. Das war eine lange Zeit, und sie würde früh genug zurückkommen, um die Silbervögel auf den Tisch zu setzen.

Zwischen leuchtenden weißen Wolken schüttete die Sonne eine verschwenderische Fülle von Licht über das Tal, und über den zahllosen metallisch funkelnden Rhododendron- und Stechpalmenbüschen aus dunkelstem Grün lag ein blendender Glanz, als schlüge eine Woge flüssigen Silbers über dem Tal zusammen.

»Silverdale«, sagte Stasi leise, »hat das Haus daher seinen Namen, von diesem silbernen Tal? Das war mein erster Eindruck, als ich hier ankam und aus dem Taxi stieg; dieser wunderbare Zusammenklang aus dunklem Grün und silbriger Helle.«

»Du bist ein romantisches kleines Mädchen, nicht wahr?« sagte Henry, »aber das ist immerhin noch erträglicher als die Kaltschnäuzigkeit dieser Kunstweiber, die Mutter unnötigerweise aus London herschleppte. Brrr..., waren die unappetitlich!«

»Aber ein paar waren doch recht hübsch«, warf Stasi ein.

»Hübsch und anziehend ist nicht unbedingt dasselbe, mein Herz«, sagte Henry und brach einen stark duftenden Zweig von einer gelb blühenden Azalee: »*With compliments!*« fügte er hinzu, verneigte sich leicht und berührte den Zweig flüchtig mit seinen Lippen, ehe er ihn Stasi überreichte.

Sie nahm ihn und während sie seinen Duft einatmete, spürte sie voll Ärger, daß sie errötete.

Henry sah sie an: »Was wollte dieser Kerl, dieser Delmonte, vorgestern von dir? Ich sah von meinem Fenster, wie er dich im Garten anredete.«

»Warum sollte er das nicht tun«, entgegnete Stasi und gewann ihre

Fassung wieder, »er fragte mich nur nach dem gelben Haus und ob es zu Silverdale gehöre.«

»Ich mag das nicht, wenn jemand hier herumschnüffelt«, sagte Henry kalt, »und schon gar nicht soll es dieser halb italienische Bastard tun!«

»Es kann nicht jeder seine englische Abstammung bis zu Wilhelm dem Eroberer zurückführen«, antwortete Stasi tadelnd, »und das Englische ist auch nicht das Maß aller Dinge.«

»Ich bedanke mich für die kontinentale Zurechtweisung«, sagte Henry und nahm Stasis Hand in die seine.

Es war ein schmaler Weg, und er führte aus dem kultivierten Garten in einen naturbelassenen und verwachsenen Teil des Parks, in dem Stasi noch nie gewesen war.

»Warum züchtest du eigentlich Stiere?« fragte sie, damit die Stille zwischen ihnen nicht so bedrängend wurde.

»Warum nicht?« antwortete Henry, »sollte ich Rhododendren züchten wie mein Vater? Das liegt mir nicht, und außerdem bringt es nichts ein. Die Zeiten haben sich geändert, ein großer Besitz wie dieser ist auch eine finanzielle Last, die Steuern werden härter, und es geht einfach nicht mehr, nur an dem Silberlöffel zu lutschen, mit dem man geboren wurde.«

Henry ging vor Stasi über eine kleine morsche Holzbrücke. Er drehte sich zu ihr um und fuhr fort: »Außerdem macht es mir Spaß. Es ist eine Herausforderung und nicht so primitiv wie du vielleicht denkst, du kleines Blumenmädchen. Auf jeden Fall ist es mir lieber, als Löwen im Park zu halten und sie für Geld besichtigen zu lassen.«

Der Weg verlor sich nun vollends in einem fast unwegsamen Dickicht. Henry mußte wild wuchernde Rhododendronäste niederbiegen, damit Stasi ihm folgen konnte, dann wieder kletterten sie über umgestürzte Baumstämme, die von Efeu umrankt waren. Es roch feucht und warm nach Moorerde, und wo das Zweiggewirr sich öffnete und das Licht einließ, glühten die sanft violetten Blütennester der wilden Rhododendren.

»Das war noch in meiner Kindheit Teil des kultivierten Parks«, rief Henry Stasi zu, »jetzt muß Vater es verwildern lassen. Du siehst die Sprünge im Gebälk, ordentliche Gärtner kann man kaum mehr bezahlen, und mit Muffetts whiskygeschwängerter Arbeitskraft kann Vater nur den Kern des Parks pflegen.«

Sie gingen weiter und erreichten endlich eine Lichtung, stiegen einen Hang hinauf, und da, zwischen den grauen Stämmen alter

Eichen, die eben ihre rötlichgrünen Blätter entfalteten, leuchtete der Boden in einem unsäglichen Blau, als wäre ein Stück des Himmels in den lichten Eichenwald hineingesunken. Stasi blieb stehen und atmete den starken Duft ein, den ihnen der Wind entgegentrug.

»Mein Gott, was ist das? Ich habe noch nie ein solches Blau gesehen! Und der Boden ist von Blüten bedeckt wie von einem Teppich! Sieh nur, Henry, so weit man schauen kann und bis zu den letzten Eichen: blaue Blüten!«

»Es sind *Bluebells,* wilde Hyazinthen, ich wußte, daß sie dir gefallen würden. Du findest sie überall im Frühling in den englischen Laubwäldern, und vier Wochen später blühen sie im schottischen Hochland. Die Schotten behaupten, ihre *Bluebells* seien blauer. Natürlich bestreiten die Engländer das.«

»O Henry, ich danke dir, es war sehr lieb von dir, mich hierherzuführen. Es ist wunderbar, etwas ganz Neues zu erfahren!«

»Es war nicht nur lieb von mir«, murmelte Henry und zog Stasi an sich, »aber was das Neue betrifft, das zu erfahren wirklich höchst wunderbar ist, stimme ich ganz mit dir überein.«

Damit nahm er ihren Kopf in seine Hände und küßte sie, und zwischen seinen Küssen mußte Stasi flüchtig an den goldenen Ginster Cornwalls denken. Aber diesmal, dachte sie verwirrt, diesmal ist es noch viel schöner.

Der geschändete Teekessel

Acht Tage nach der Abreise der Gäste hatten sich die Wogen des Haushalts von Silverdale endgültig geglättet, und es sah so aus, als würden die nächsten Wochen des wachsenden Jahres still und friedlich hinfließen.

Julian sang so scheußlich wie immer sein *God save the Queen*, schneuzte sich wie eh und je und verschönte die Mahlzeiten durch seine schrecklichen Trompetenstöße, wurde darob von Lady Gwendolyn ein abscheuliches Kind geheißen und hinausgewiesen, ohne daß diese Rüge irgendwas an seiner leidigen Gewohnheit geändert hätte.

Ghostie, der Hausgeist von Silverdale, verhielt sich ruhig, er schien eine schöpferische Pause eingelegt zu haben und verzichtete vorderhand darauf, die Bewohner des Hauses zu verwirren und zu erschrecken. Er hielt sich im Hintergrund und war still und bescheiden, wie es einem längst verstorbenen alten Herrn anstand.

Mrs. Muffett war so fleißig im Haus wie ihr Gatte faul im Garten war, vom jungen Muffett sah und hörte man vorderhand nichts, er schien den Schauplatz seiner Untätigkeit an einen anderen Ort verlegt zu haben, und Nannie war leidlich umgänglich, je nachdem ob der Briefträger einen Brief aus Cornwall brachte oder nicht.

Sir Edward tauchte schon am Morgen im beruhigenden Grün des Parks unter, und Lady Gwendolyn ging schwer nachweislichen Tätigkeiten eher geistiger Natur nach, die gleichwohl sehr erschöpfend sein mußten, denn sie gab vor, überarbeitet und angegriffen zu sein, was für ihr Herz natürlich Gift war.

Für Stasi war jeder neue Morgen eine Entdeckung, freudig schritt sie nach dem englischen Frühstück, das ihr so gut schmeckte wie am ersten Tag, in den Park hinaus, um die Kapaune zu füttern, schlenderte langsam und gemächlich unter den verblühenden Kirschbäumen, die eine weiße Spur in den Rasen streuten, dem Geviert hinter der Hecke zu, wo die immer gleich tückischen und frustrierten Tiere ihres Futters harrten und mit den Schnäbeln wild aufeinander hackten, um die besten Brocken für sich zu ergattern. Langsam wandelte sie dann wieder dem Hause zu, den leeren Futterkübel schwenkend und mit den Augen das Bild des morgendlichen Parks mit seinen taufunkelnden Büschen und Bäumen in sich aufnehmend.

Nein, Stasi hatte kein schweres Leben hier auf Silverdale, sie blühte auf wie eine englische Rose und sah überaus reizend aus. Gleich würde sie in Lady Gwendolyns Schlafzimmer gehen und Heinrichs des Achten Lebensweg weiterverfolgen.

Dieser König trieb es neuerdings immer ärger und schreckte, nun da er einmal den bösen Weg beschritten hatte, vor nichts mehr zurück. Immer mehr Klöster wurden unter dem eifrigen Handlanger Cromwell aufgelöst, der Aufruhr im Norden des Landes, die von York aus mit soviel Tapferkeit begonnene »Gnadenwallfahrt«, nahm ein leidvolles und schreckliches Ende in der Rache des Königs, viele Köpfe rollten unter dem Beil des Henkers, und während all das sich begab, trug die neue Königin, Jane Seymour, die der König schon begehrt und mit Geschenken verwöhnt hatte, während seine zweite Frau, Anne Boleyn, noch im Tower saß und ihrer Hinrichtung harrte, das Kind, auf das sich nun alle Hoffnungen Heinrichs richteten. So sehr hing sein Herz schon an dem noch ungeborenen Erben und Sohn, daß er sich nicht im mindesten um die Prinzessinnen, seine Töchter aus erster und zweiter Ehe, diese Bastarde, wie er sie nannte, kümmerte und die junge Mary sowie die noch kleine Elizabeth selbst das Nötigste entbehren.

Stasis Wangen glühten, während sie eilig die Seiten wendete, aber bei allem Interesse vergaß sie nicht, wachsam zu sein und auf die Stiegengeräusche zu horchen, denn sie wollte sich bei Gott nicht überraschen lassen.

Jane Seymour brachte Edward, den ersehnten Sohn zur Welt, der es allerdings später an Lebenskraft und Weltwirksamkeit nicht mit seinen Halbschwestern aufnehmen konnte und eine sehr kurze, politisch nicht ins Gewicht fallende Regierungszeit absolvierte. Aber zu seiner Geburt läuteten alle Glocken Londons, voran die tiefen dröhnenden von Westminster, und während der König feierte und das niedere Volk in den Straßen Londons tanzte, starb die Königin im Kindbett nach nicht einmal einjähriger Ehe. Das kam selbst für Heinrich, der den raschen Wechsel von Ehefrauen mittlerweile gewöhnt war und ihn recht erfrischend fand, ein bißchen plötzlich, und er war fast niedergeschlagen.

Das währte indessen nicht lange, und bald begann sich der König mit Interesse unter den Fürstentöchtern Europas umzusehen. Schön sollte die neue Frau natürlich sein, aber die Zeit der Spielereien war vorbei, und so mußte die neue Königin auch einen politischen Vorteil bringen.

Da schaltete sich nun Cromwell der Klosterstürmer ein, und hätte er gewußt, wie alles kommen würde, er hätte seine Finger von dem Brauthandel gelassen. So aber zeigte er Heinrich ein recht verlockendes Konterfei Anna von Cleves, das der Maler Holbein mit mehr Kunst als Naturtreue gemalt hatte, und der König war entzückt. Anna von Cleve kam umgehend nach England, und ihr Anblick fiel auf Heinrichs Herz wie ein Sack nasses Mehl. Zum Teufel mit der Politik, dachte der ergrimmte König und war so wütend, daß er Anna ohne Umschweife in die Heimat zurück und den unglücklichen Cromwell per Scharfrichter ins Jenseits schickte.

Stasi schüttelte sich, wie wohl Timothy es getan hätte, wäre er unter einen Kübel kalten Wassers geraten, und sie beschloß, die Lektüre des zwar anregenden, aber deprimierenden Buches eine Weile auszusetzen.

Während sie die schimmernden Silbervögel auf den Eßtisch setzte, summte sie leise die Melodie von *Greensleeves,* dieses zärtliche und betörende Lied, von dem man schwer loskam, und plötzlich merkte Stasi mit Bestürzung, daß sie dabei an Henry und den *Bluebell*-Wald dachte. Sie hörte sofort zu singen auf, beschloß auch *Greensleeves* für eine Weile aus ihrem Kopf zu verbannen, denn keinesfalls durfte es ihr passieren, daß sie Heinrich und Henry durcheinanderbrachte.

Es war bei diesem Lunch, daß Lady Gwendolyn, die schon am Morgen ungewöhnlich freundlich und geschmeidig gewesen war, Sir Edward verkündete, sie wolle Cecil Delmonte für etwa vier Wochen ins Haus bitten, denn der arme Cecil hätte eine Pechsträhne künstlerischer und finanzieller Natur gehabt und brauche dringend einen Ort der Ruhe und Beschaulichkeit, jenes Refugium, das einem Künstler wieder die Kraft verleihe, der Meute seiner Kritiker entgegenzutreten.

Sir Edward, der eben seines hausväterlichen Amtes waltete und den Lammschlögel in appetitliche knusprige Scheiben schnitt, ließ die große Vorleggabel sinken und sah seine Frau an:

»Gwendolyn, ich lasse viel von diesem Unsinn geschehen, obwohl ich einen gottverdammten Narren aus mir mache, wenn ich dir in allem nachgebe und nach deiner Pfeife tanze. Aber diesmal verbiete ich es!« Er sagte: »*I put my foot down against that*«, und Stasi notierte im Geist die ihr neue englische Phrase.

»Edward, du erstaunst mich! Warum sollte ich Cecil nicht einladen? Er ist ein angenehmer und geistreicher Mensch, du kannst unmöglich etwas gegen ihn haben! Willst du denn immer nur deine langweiligen verbauerten Gärtner einladen, die ewig von Narzissenzwiebeln und Rhododendron-Schößlingen reden!«

»Meine Freunde stehen im Augenblick nicht zur Diskussion«, erwiderte Sir Edward eisig, »was jedoch diesen Kerl, diesen Delmonte betrifft, möchte ich ein für alle Male betonen, daß er nicht zu einem längeren Aufenthalt in dieses Haus geladen wird.« Seine Stimme klang ruhig und bestimmt, ließ aber keinen Zweifel darüber, daß er im entscheidenden Augenblick immer noch der Herr auf Silverdale war.

Madams Stimme hingegen schwankte etwas: »Edward, ich warne dich, geh nicht zu weit!«

Sir Edward überhörte die Drohung und fuhr gelassen fort: »Lade diesen Kerl doch in dein Haus nach Taormina ein, eine ganze Rotte dieser arroganten Nichtstuer kannst du dahin einladen, das steht dir frei.«

Die beiden Ehegatten saßen da und ließen das gute Lammfleisch kalt werden. Nur Henry hatte diskret begonnen zu essen. Stasi dachte, es sei wohl klüger, Henrys Beispiel zu folgen, um wenigstens den Anschein zu erwecken, sie wäre mit dem Essen beschäftigt und so weniger in der Lage, dem Tauziehen um die Macht im Hause zu folgen.

»Cecil würde nie das Reisegeld von mir annehmen, und er selbst kann es im Moment schwer flüssigmachen«, erwiderte Madam mit der Stimme eines verwundeten Rehs und führte ihr Taschentuch an die Augen.

»Du müßtest ihm allerdings eine Flugkarte zuschicken«, fuhr Sir Edward fort, »denn dieser Delmonte ist nicht der Typ, der sich in einen überfüllten italienischen Rapido zwischen Bambini und Hühnersteigen zwängt.«

»Er würde kein Geld annehmen«, wiederholte Madam.

Sir Edward faltete seine Serviette und tat damit kund, daß dieses Essen für ihn zu Ende war, bevor es begonnen hatte. Er beugte sich vor und sah seiner Frau voll ins Gesicht:

»Sei doch einmal ehrlich, Gwendolyn: du wärest viel zu geizig, um irgend jemandem etwas von deinem Geld zu geben. Du bestehst aus einer Reihe falscher Attrappen, die du um dich aufgebaut hast, und ich bezweifle allmählich, ob sich überhaupt noch ein Mensch dahinter verbirgt; angefangen mit deinem kranken Herzen, über die leidende und vielbeschäftigte Hausfrau und Mutter, bis zu der geschäftigen Pseudo-Intellektuellen, die einen Salon von Künstlern um sich sammelt.« Er atmete einmal tief, und es war fast ein Seufzen »Ach, es ist alles so unsinnig, und wenn ich nicht den Garten hätte, würde es mich traurig machen, einfach traurig ...«

Stasi blieben allmählich die Bissen im Halse stecken: das war ganz offensichtlich die Stunde der Wahrheit, der Augenblick, wo die Klingen offen und nicht mehr in versteckten kleinen Scharmützeln gekreuzt wurden. Und es war sicher gut, daß Julian wegen besonders enervierenden Schneuzens schon zu Beginn der Mahlzeit des Raumes verwiesen und in die Küche verbannt worden war. Stasi fühlte Henrys Blick und sah betreten auf: es stand sehr vieles in seinen Augen, aber diesmal war kein Spott dabei. Stasi senkte den Kopf.

Lady Gwendolyn war in Tränen ausgebrochen, aber hier versagte die sonst so wirksame und mit einem hochentwickelten Zeitgefühl eingesetzte Waffe. Sir Edward schob abrupt seinen Stuhl zurück und stand auf: »Du entschuldigst mich jetzt, Gwendolyn. Ich werde heute nachmittag nach Tollpuddle hinüberfahren, um die neuen Glyzinienschößlinge zu holen, und bin zum Tee noch nicht zurück.«

Er verließ das Eßzimmer und Lady Gwendolyn, die keine Lust hatte, unnötig Energien zu verschwenden, stoppte ihren Tränenfluß. Zurück blieb ein handfester Zorn:

»Szenen wie diese werden noch einmal mein Tod sein! Ich sollte überhaupt keine Aufregungen haben, sagte eben letztes Mal mein Londoner Herzspezialist. Aber es kümmert sich niemand darum, und es wird dieses Haus sein, das unter den Folgen zu leiden hat.« Damit rauschte sie hinaus.

»Ich weiß nicht, warum Mutter immer zu streiten beginnt, wenn wir einen besonders schönen Lammschlögel haben! Dabei mag ich die knusprige Kruste so gern, wenn sie noch heiß ist«, flüsterte Henry.

Stasi fand, daß Henrys Worte nicht den Kern des Problems trafen und ging wortlos in die Küche, um Nannie zu helfen. Nannie stand an der Anrichte, ihre Augen funkelten in einem harten befriedigten Glanz: »Jetzt wird sie wieder wegfahren! Ich habe mich schon gewundert, daß sie den Frühling über dablieb. Ein Krach war schon lange fällig.« Ihr Mund schloß sich zu einem schmalen Strich, und sie klapperte unheilvoll mit den Tellern.

Am Küchentisch saß Julian und kaute lustlos an einem Stück

halbkalten Lammbratens. Seine wasserblauen Augen blickten neugierig und sensationslüstern über den Tellerrand. Vor ihm saß Timothy, hatte eine eherne Pfote auf die Tischkante gelegt und schaute unverwandt und beschwörend auf das Lammfleisch. Ein Stück weiter saß artig auf seinen Hinterbeinen Jonathan und wartete still, daß auch er etwas bekäme.

»Wohin fährt Lady Gwendolyn denn?« fragte Stasi vorsichtig und hörte mit Erstaunen, daß Madams Exodus periodisch geschah und nach Sizilien ging, wo Lady Gwendolyn in Taormina ein Hotel besaß, das sie von ihrer Mutter geerbt hatte. Nannie wurde fast gesprächig, so befriedigt war sie über den Gang der Ereignisse, und erzählte Stasi von Madams Mutter, jener Granny aus Schottland, deren Besuch man gefürchtet hatte und die so reich gewesen war, daß sie neben anderen erfreulichen Dingen jeder ihrer Töchter ein Hotel vererbt hatte.

Granny war eine *Pringle of Scotland* und machte ihr Geld in Wolle, sie reiste viel und gern, und da sie schlechte Hotelbetten haßte, wollte sie überall Einfluß auf die Qualität der Betten haben. So kaufte sie eine Reihe von Hotels, und jenes in Taormina hatte sie Lady Gwendolyn vermacht.

Eine andere Schwester, Auntie Deborah, hatte das Hotel in Portofino bekommen, und eigentlich war es ja schade, daß nicht Madam dieses hatte. Ja, dachte Stasi, die eifrig lauschte, es hätte zumindest Lady Gwendolyns Fluchtweg bedeutend verkürzt.

Aber immer noch war sie viel besser dran als die arme Auntie Emily, fuhr Nannie fort und räumte einen großen Stoß Teller in den Schrank. Emily hatte das Hotel in Trinidad geerbt und es bereitete ihr nicht viel Freude. Sie kam selten hin, weil eine Reise um die halbe Welt das Weekend beträchtlich verteuert hätte, zudem fand sie das Klima dort strapaziös. Man hört, daß das Hotel recht heruntergekommen sei und von leichten Mädchen und Rumschmugglern frequentiert werde. Befriedigt schloß Nannie den Geschirrschrank.

Ein Glück, fügte sie noch hinzu, daß Granny ihr Hotel in der indischen Stadt Agra einer wohltätigen Stiftung vermacht hatte, es wäre nur eine Last für die Familie gewesen. Granny hatte das Tadsch Mahal sehr geliebt, und sie legte Wert darauf, es jedes Jahr zumindest einmal zu sehen, bei Vollmond natürlich.

Nach diesen letzten Worten, die eher bissig geklungen hatten, so als gönnte Nannie Madams Mutter noch im Grabe nicht das Tadsch Mahal bei Vollmond, schloß sich ihr Mund wieder zu einem schmalen Strich, und sie schien nicht gesonnen, noch weitere Informationen von sich zu geben.

Zudem rauschte nun Lady Gwendolyn mit dem Flair einer verwundeten Königin in die Küche, um Nannie Anweisungen für die Zeit ihrer Abwesenheit zu erteilen und ihr formell die Zügel des Haushalts zu übergeben.

Mrs. Muffett, die eigentlich schon heimgehen sollte, war zurückbeordert und zum Katastropheneinsatz befohlen worden. Sie trippelte wieder einmal voll emsiger Beflissenheit mit Kleidern und Wäschepaketen aus Lady Gwendolyns Schlafzimmer, um in aller Eile die großen Koffer zu füllen, denn Madam wollte ihren ersten Zorn nützen und mit den vollen Segeln des Gekränktseins aus dem unwirtlichen Hafen von Silverdale auslaufen. Zudem hatte sie Sinn für bühnenwirksame Abgänge, der jahrelange Umgang mit Künstlern blieb nicht ohne Folgen. Mit eigener Hand warf sie Pelzmäntel und Decken in ihren Wagen, Hüte und Bücherpakete, verabschiedete sich kurz und leidend von allen Anwesenden, und nur bei Stasi wurde sie ein wenig nachdenklich:

»Es tut mir leid, meine Liebe, daß ich Sie nun so allein hier auf Silverdale lassen muß«, und damit sagte sie ausnahmsweise einmal die Wahrheit.

Und zu Henry: »Henry, ist nicht bald diese Übersee-Ausstellung für deine schrecklichen Stiere fällig? Du wirst sicher eine Menge Vorbereitungen dafür treffen und schon bald nach London fahren müssen.«

»Du sagst es, Mutter, und sei beruhigt: ich werde mich ausschließlich meinen schrecklichen Stieren widmen.« Damit küßte er ihr die Hand und half ihr in den Wagen.

Das Geräusch des Starters klang zornig, dann stob der Kies hinter den Rädern weg, und Lady Gwendolyn brauste die Auffahrt hinunter, ohne sich noch einmal umzublicken oder das sanfte violette Rhododendron-Glühen des Nordhanges auch nur im Rückspiegel wahrzunehmen.

Die Hunde saßen vor dem Haustor und verfolgten den Aufbruch mit gespannten Mienen. Stasi wandte sich an Nannie, die dem entschwindenden Wagen mit unbewegtem, schwer zu deutendem Gesicht nachsah: »Werden die Hunde denn Lady Gwendolyn nicht fehlen?«

»Sie macht sich nichts aus Timothy, er ist ihr zu groß und zu mühsam. Jonathan hätte sie gerne bei sich, er ist ihr Hund, aber dann müßte sie ihn jedes Mal bei der Rückkehr ein Vierteljahr in die englische Quarantäne geben. Und so wie die Verhältnisse auf Silverdale liegen«, schloß Nannie maliziös, »würde Jonathan dann sein Leben in der Quarantäne verbringen.« Sie lächelte dünn und scharf und ging ins Haus zurück.

Als Stasi ihr folgte, traf ihr Blick Henry und es schien ihr, als sähe er mit tiefer Befriedigung die Auffahrt hinunter, bis zu jener Biegung hin, hinter der vor wenigen Minuten das Auto seiner Mutter verschwunden war.

Gedankenvoll ging Stasi auf ihr Zimmer, sie stellte sich ans Fenster, doch für ein paar Minuten lang sah sie nicht den Park von Silverdale, sondern den schneebedeckten Gipfel des Ätna, der über den Blüten Taorminas schwebte wie die elfenbeinerne Kuppel eines Domes, sie sah Palmen und Agaven und leuchtende Canna-Blüten zwischen Hecken aus Feigenkakteen. Lady Gwendolyn würde es schön haben in der lauen Luft Taorminas, und vielleicht trug die Milde und Süße des Südens dazu bei, ihr Gemüt versöhnlich und weich zu stimmen.

Als Stasi am nächsten Morgen mit ihrem Futterkübel den Kapaunen zuwanderte, traf sie Sir Edward, der eben ein Bündel Narzissenzwiebeln und -kraut auf den Rasen warf und mit gefurchter Stirn die leere Stelle des Beetes betrachtete.

»Ah, Miss Stasi, hat man Ihnen die Fütterung dieser hysterischen Vögel angehängt? Sieht Nannie ähnlich. Aber Sie können eine Gartenwanderung damit verbinden.«

»Ja«, erwiderte Stasi lebhaft, »und das genieße ich sehr. Ich werde nie den ersten Morgen hier auf Silverdale vergessen, als ich diesen Weg ging und alle Narzissen standen in Blüte, und die japanischen Kirschbäume waren gerade dabei, ihre Knospen zu öffnen.«

Sir Edward sah sie gedankenvoll an, dann nickte er schweigend und nachdrücklich. Er legte die Zwiebeln in einen Korb und zündete seine Pfeife an: »Ich frage mich manchmal, wie dieses verrückte Haus auf einen Außenstehenden wirkt. Haben Sie das Gefühl, Sie können es hier eine Weile aushalten?«

Stasi warf einen Blick auf den Park, dessen unsägliche Schönheit sie rings umgab, streifte die schwingenden Zedernwipfeln im Morgenlicht und die Blütenwälle der Rhododendren, sie dachte kurz an Henry und verdrängte Lady Gwendolyn, Heinrich den Achten und Ghostie aus ihrem Bewußtsein, und dann antwortete sie mit einem ehrlichen Ja.

Sie konnte nicht sagen, daß dieses Ja nicht nur Silverdale Park, sondern die Luft Englands, ihre Kühle und Frische, und auch die besondere Art zu leben, den *English way of life* einschloß, denn sie wußte es selbst noch nicht, und es tat sich in ihr nur kund durch ein unbestimmtes Glücksgefühl, einen fernen und leisen Jubel.

Sir Edward sog an seiner Pfeife: »Jene unerquickliche Sache, die sich statt des Lammbratens abspielte, wird Sie vielleicht vermuten lassen, Sie wären Zeuge einer großen Tragödie gewesen. Es ist aber nicht so schlimm, wissen Sie, auch nicht die Abreise meiner Frau.« Sir Edward nahm die Kiste mit den Narzissenzwiebeln und stellte sie in den Schatten.

»Wir mögen nicht sehr gut zueinander passen, aber genauso wie die Königliche Familie halten wir nichts von Scheidung. Zum Glück hat meine Frau dieses Hotel im Taormina – die einzige und nachhaltige Wohltat, die mir meine seinerzeit recht enervierende Schwiegermutter über das Grab hinaus erwiesen hat –, dort kann Gwendolyn wieder etwas Dampf ablassen und sich beruhigen. Im Grunde mögen wir uns ganz gut leiden, außerdem – sehen Sie, ich habe meinen Garten, ein weites Feld ist das, die Blumen und die Pflege des alten wertvollen Baumbestandes, die landschaftliche Gestaltung dieses Tales, das zu Silverdale House gehört. Und die Landwirtschaft mit den Zuchtstieren hat mir ja nun schon seit Jahren Henry abgenommen, er hat was aus den Stieren gemacht, ein ehrgeiziger und tüchtiger Bursche dieser Henry, hat er nicht von mir, auch nicht von meiner Frau, die ist zu diffus und hektisch, bei allem, was sie macht.« Sir Edward klopfte seine Pfeife aus und stopfte sie neu: »Stellen Sie doch diesen idiotischen Futterkübel weg, hat ja Zeit, dieses Zeug! Ja und im Herbst fahre ich dann wie seit jeher nach Schottland zum Lachsfischen und auf die Birkhuhnjagd. In meiner Jugend ging ich noch mit P. W. dort oben zur Jagd.«

»P. W. – wer ist das?« fragte Stasi neugierig.

»Oh, ja natürlich, der *Prince of Wales,* wir nannten ihn immer nur P. W. War übrigens ein guter Schütze. Lange her, ja.«

Sir Edward sann ein paar Augenblicke über die Vergangenheit und fuhr dann fort: »Sehen Sie, je älter man wird, desto klarer erkennt man, daß nur ein Narr sich auf das sogenannte große Glück versteift und alles in Scherben schlägt, wenn er es nicht bekommen hat. Es gibt eine Menge erfreulicher kleiner Dinge, auf die man ausweichen kann, sie sind voll von Leben, und mit etwas Geld ist die Auswahl dieser Dinge zudem erfreulich groß.«

Sir Edward zündete sich die fertige Pfeife an und tat ein paar tiefe Züge. In der Tat machte er einen recht gefestigten Eindruck, und ganz bestimmt würde Sir Edward nie zu der übel beratenen Schar jener gehören, die eine Psychiater-Couch strapazierten. Lady Gwendolyn, dachte Stasi, war schon eher dafür prädestiniert.

»Ja, und nun werde ich wohl Knollenbegonien, die wir im Glashaus schon vorgetrieben haben, in dieses Beet setzen«, fuhr Sir Edward fort, »man könnte natürlich die Narzissenzwiebeln in der Erde lassen, sie würden sich schön vermehren und im nächsten Jahr noch dichtere Horste bilden, aber Muffett, dieser blöde Kerl, würde beim Jäten der Begonien nicht darauf achten und sie alle mit der Hacke zerstören.«

Sir Edward war wieder beim Garten angelangt, und Stasi nahm die Rückkehr von der Philosophie zum Thema aller Themen des Herrn auf Silverdale als Zeichen für das beendete Gespräch.

Mit einem freundlichen Lächeln, das sie unbeabsichtigt als echte Botschafterin ihres Landes auswies, nahm sie den Futterkübel wieder auf und ging weiter. Sie schüttete nachdenklich und zerstreut die Körner über den Zaun, und wie meistens fielen sie fast zur Gänze auf die dichtgedrängten Köpfe der heißhungrigen Kapaune. Bösartig und hysterisch drehten sie sich um sich selbst, hackten unter mißtönendem Geschrei wild nacheinander und gelangten endlich unter unschönen Verrenkungen in den Genuß ihres Futters.

In dieser Zeit des Interregnums gewissermaßen, während die Dame des Hauses im fernen Sizilien weilte und seltene Kartengrüße mit klagendem Unterton sandte, fühlte sich Sir Edward verpflichtet, seine Familie einmal zum Lunch auszuführen. Man wählte einen idyllischen kleinen Ort mit historischer Schenke und brach mit Hunden und Hausgenossen dahin auf.

Aber dem Tag war kein rechter Erfolg beschieden, Julian stolperte über die Schwelle des historischen Etablissements, das sich mit rußgeschwärzten Balken und einem rostigen Pflug über der Tür als solches auswies, und schlug sich eine Beule, die rasch und gespenstisch anwuchs und Julians wassermannartige Erscheinung nicht zu ihrem Vorteil veränderte. Er heulte laut und hemmungslos und ließ wieder einmal alle Attribute eines englischen Gentleman auf das schmerzlichste vermissen.

Aber den Vogel der Ärgernisse schoß an diesem Tag Timothy ab. Er war nervös und streitlustig, weil man ihn, kaum im Dorf angekommen, daran gehindert hatte, eine Katze in ihre Bestandteile zu zerlegen, und nun mußte er, frustriert wie er war, in dem historischen Gasthaus einen Hund erblicken, der sofort seine heftigste Abscheu erregte.

Zitternd vor unterdrückter Kampfeslust saß er da, mit der Leine an einem Wandhaken befestigt, neben welchem sich der Tisch befand, an dem die Familie, bestehend aus Sir Edward, Henry, Stasi und dem triefnäsigen Julian, Platz genommen hatte, um die Spezialität des Hauses, *Irish stew* zu essen.

Das würzig duftende, appetitlich dampfende *stew* wurde in kleinen irdenen Schüsseln angerichtet. In diesem Augenblick ging der Hund des Hauses in lässiger Manier durch die Stube, und Timothy fegte in einem gewaltigen Satz um den Tisch, in der Hoffnung, des widerlichen Köters endlich habhaft zu werden. Seine Leine strich einmal sauber und glatt über den Tisch und beseitigte damit sämtliche *Stew*-Gerichte, die ihr appetitanregendes Aroma nun zwischen Geschirrscherben auf dem Fußboden verströmten.

Sir Edward, der die an Julian vermißten Tugenden in hohem Maße besaß, bestellte steinernen Gesichts vier neue *Irish-stew*-Portionen, löste Timothys Leine von dem Wandhaken und klemmte den unseligen Hund zwischen seine Beine.

Nachher besuchte man noch die romanische Dorfkirche, die zwischen zwei gewaltigen schwarzgrünen Eibenpyramiden einen vielhundertjährigen Schlaf schlief, und da Timothy heftig schnuppernd und umherlaufend die Weihe des Ortes verletzte, befestigte ihn Julian an einem Seil im Kirchenvorraum. Man besichtigte die große aufgeschlagene Bibel, und als ein plötzliches Geläute einsetzte und die erstaunten Gläubigen des Dorfes aufhorchen ließ, wußte man, daß es das Glockenseil gewesen war.

Stasi stürzte aus der Kirche und nahm Timothy, sie führte ihn ein wenig die Dorfstraße auf und ab, und als Henry herauskam und sie mit amüsiertem Lächeln betrachtete, fragte sie ihn, warum die Menschen sich eigentlich das Ungemach eines Hundes antaten, dieses ewige Seilziehen zwischen Wildheit und Dressur, mühsamer Gesittung und ererbtem Naturinstinkt.

»Aus Liebe, nehme ich an, aus Liebe zum Hund«, sagte Henry, der den untadelig braven Jonathan an der Leine führte: »Was sonst außer Liebe würde den Menschen töricht genug sein lassen, Schereien und Ärger auf sich zu nehmen!« Er sah Stasi mit seinen provokanten blauen Augen an, und sie fand es gut, rasch das Thema zu wechseln.

Am nächsten Morgen wollte Nanni den Teekessel nehmen, um den Frühstückstee zuzubereiten, wollte ihn mit kaltem frischem Wasser füllen, wie es zur nämlichen Stunde und seit vielen hundert Jahren unzählige Hausfrauen in England, Schottland, Irland, auf den Hebriden im Norden und den Scilly Isles im Süden taten, dergestalt die große innere Einheit des britischen Reiches vollziehend, doch als sie das tat, glückste es träge in dem alten wohlgeformten Kupferkessel und eine trübe ölige Brühe schwamm auf der Wasseroberfläche hinauf und bot sich hier Nannies ungläubigen Augen. Sie stieß einen markerschütternden Schrei aus und wies Stasi, Henry und Sir Edward, die sich gerade ins Eßzimmer begeben wollten, wortlos das Ungeheuerliche.

Sir Edward, der schon manches in seinem Haus mit Gelassenheit und Würde erlebt und hinter sich gebracht hatte, blickte kurz in den versudelten Kessel, runzelte die Stirn und sagte ärgerlich: »Also Nannie, ich weiß wirklich nicht, was das bedeuten soll, aber wenn Sie damit etwa andeuten wollen, daß wir heute keinen Frühstückstee bekommen, so würde das meine Laune für den ganzen Tag nachhaltig verschlechtern, jawohl, ich sage nachhaltig!« Damit ging er zum Kamin und klopfte verbittert seine Pfeife aus.

»Sir –«, Nannie hatte die Sprache wiedergefunden, »ich habe heute nacht sehr schlecht geschlafen«, sie senkte die Stimme und fuhr zögernd fort: »Seit einer Woche habe ich keine Post aus Cornwall bekommen und da machte ich mir eben Gedanken und dachte –«, sie brach ab und fuhr dann entschlossen fort: »Und wie ich so wach lag, es muß etwa zwei Uhr morgens gewesen sein, hörte ich ganz deutlich ein Geräusch aus der Küche, ein Klappern und dann ein Wehen durch die Gänge, als ob ein Wind durchs Haus striche...«, Nannie hob eine Hand und verharrte melancholischen Blicks in dieser eindrucksvollen Seherstellung und glich in ihrer düsteren Hagerkeit einer antiken Sybille.

»Wenn ich Ihre Worte richtig deute«, sagte Henry genußvoll, »wollen Sie uns damit sagen, daß Ghostie wieder einmal am Werk gewesen ist?«

»Der Himmel stehe mir bei, wenn es nicht so war«, rief Nannie, »es war Ghostie!« Sie hob den Teekessel an ihre Nase, sog tief die Luft ein und rief: »Es ist Rhizinusöl, Sir, so wahr mir Gott helfe!«

Sir Edward nahm ihr ohne Umschweife den Kessel aus der Hand und roch selbst daran: »Sie brauchen nicht den Himmel als Zeugen bemühen, es ist Rhizinus, und wer immer es getan hat, möge zum Teufel gehen! Und jetzt suchen Sie um Gottes willen einen anderen gottverdammten Teekessel und machen Sie uns endlich das Frühstück!« Sir Edward nahm die Pfeife wieder vom Kamin und stopfte sie mit ungewohnter Heftigkeit.

»Ach Sir, der Kessel ist für immer verdorben, und in keinem anderen bekommt der Tee jenes klare Aroma, es wird nie wieder dasselbe sein! Außerdem war dieser Teekessel ein Hochzeitsgeschenk von Mrs. Pringle, und man konnte genau hören, wenn das Wasser zu kochen begann.« Sie klagte noch eine Weile in dieser Wellenlänge dahin und Sir Edward schloß, von den Mißlichkeiten des Morgens aufs äußerste angewidert, vorerst einmal die Durchreiche.

»*That's not funny!*« sagte auch Henry, »das ist ganz und gar nicht komisch«, und mit Staunen erlebte Stasi, daß sogar ihm angesichts der Tee-Katastrophe der Humor abhanden kam. »Wenn Ghostie nichts mehr Besseres einfällt«, fuhr er fort, »so kann er abdanken.« Henry setzte sich auf seinen Platz, trommelte mit den Fingern auf die Tischplatte und verfiel in mürrisches Schweigen.

Eine Atmosphäre strengster Mißbilligung verbreitete sich im Raum. Nein, es war offenbar wirklich nichts Komisches an der Sache. Rhizinus in einen Teekessel zu schütten, bedeutete ein Sakrileg,

es hieß die Penaten vom englischen Hausaltar vertreiben und war eine Tat von monströser Geschmacklosigkeit, eine Absage an das Positive schlechthin. So etwas tat ein englischer Geist nicht, der alte Herr war zweifellos am absteigenden Ast, und Nannie, zu der Stasi nun hinausging, um sie nicht gänzlich ihrer Verwirrung zu überlassen, sah darin ein böses Omen für Silverdale.

Später am Vormittag vernahm noch Mrs. Muffett die schreckliche Kunde, sie war voll des Abscheus und murmelte allerhand Abgründiges in sich hinein, während sie ihre Putzarbeit keine Sekunde unterbrach. Julian berichtete das Vorkommnis seiner Lehrerin, die ebenfalls schockiert war, Mrs. Muffett sagte es Mr. Muffett und schreckte ihn vorübergehend aus seiner Whisky-Dumpfheit auf, Nannie telephonierte an Mrs. Aberfieldie, die Freundin Lady Gwendolyns, um ihrem bedrängten Herzen etwas Luft zu machen, wobei Mrs. Aberfieldie unter Beileidsbezeugungen insgeheim ihr Geschick pries, das ihr selbst einen Geist mit Anstand und regelmäßigen Gewohnheiten beschert hatte. Es zog zwar aufs gräßlichste im Aberfieldieschen Haus, nachdem der Geist dort stets alle Türen und Fenster öffnete, und Mr. Aberfieldie holte sich immer wieder seinen Schnupfen, aber das war ja nicht weiter schlimm und geradezu ein Nichts gegen den geschändeten Teekessel auf Silverdale House.

Henry erzählte die Sache ärgerlich den Leuten auf der Stierkoppel, Sir Edward, am Telephon vom Direktor der Königlichen Gärten von Kew nach seinem Befinden befragt, erwähnte es als Grund seiner schlechten Laune, und jedermann war empört und entsetzt.

Die Zeit ging weiter und glättete allmählich die Wellen des Zorns, der Juni hatte begonnen und der bedrängend schöne narzissenkühle Frühling war endgültig dem Frühsommer gewichen. Die Rhododendronbüsche, jene gut fünf Meter hohen langgestreckten Blütenwälle, hatten die letzten Knospen geöffnet und standen in herrlichster atemberaubender Schönheit, und ihre Farben, Purpur, Gold, Orange, Elfenbein und Violett, leuchteten noch wie Fackeln in die langen sinnenden Abende, an denen die Sonne bis zehn Uhr zögerte, bevor sie endlich hinter dem Horizont versank und einer lange verharrenden Dämmerung wich, die fast bis Mitternacht währte.

Es war an einem dieser Abende – Sir Edward war zu seinem Freund ins Dartmoor gefahren, zu jenem, der weißes Heidekraut züchtete –, daß Henry Stasi einen Spaziergang in den Park und zum gelben Haus vorschlug. Er wußte, daß dieses Haus sie anzog, obwohl die treppensäumenden Magnolien verwelkt waren und ihre hellen Blütenblätter wie Elfenbeinschalen über den Rasen streuten.

Timothy hatte Stasi unverwandt beobachtet, während Henry mit ihr sprach, und als er nun sah, daß sie ein Tuch und eine Jacke nahm, sprang er an ihr hoch, wich nicht mehr von ihrer Seite und tat unmißverständlich kund, daß dies auch sein Spaziergang sein werde. Henry warf ihm einen kühlen Blick zu: »Timothy, du alter Gauner, eigentlich müßte ich allmählich auf dich eifersüchtig werden!«

Es war ein milder Abend, und der Wind wehte leise, kaum spürbar durch die Kronen der Bäume, ließ die Zedernwipfel schwingen und bewegte das goldgrüne junge Laub der Linden.

Henry langte spielerisch nach einem Zweig, ließ ihn wieder hochschnellen und wandte den Kopf halb zu Stasi: »Gefällt es dir eigentlich in England? Könntest du dir vorstellen, hier zu leben?«

»Es ist eine ganz neue Welt für mich«, antwortete Stasi, »und ich mag sie sehr. Auf eine erstaunliche Weise ist sie mir so vertraut, als hätte ich sie schon früher einmal im Leben oder in einem lange vergessenen Traum betreten. Aber hier leben – ich weiß nicht, Henry. Ich bin gerne in Österreich.« Sie verstummte nachdenklich.

»Wir haben die besten *hot-water bottles* der Welt«, sagte Henry leichthin, »das spricht doch für uns: eine solide Wärmflasche für alle Wechselfälle des Lebens ...«

Stasi lachte. Es gehörte unbedingt zu Henrys Vorzügen, daß er sie so oft zum Lachen brachte. Stasi hielt nichts von düsteren Existenzen, die ihre Muffigkeit hinter Weltschmerz tarnten. Ihr fiel die Stelle aus einem Buch ein, das ein loser Einwanderer über England geschrieben hatte: »Die Leute vom Kontinent haben Sex, die Engländer hingegen *hotwater-bottles*.« (Wobei natürlich der Verdacht nahelag, daß das eine das andere nicht ausschloß.) Aber Stasi schwieg, sie wollte keine freche Antwort Henrys provozieren, und ganz bestimmt war dies keine passende Bemerkung für ein junges Mädchen, das mit einem jungen Mann einen Abendspaziergang machte. Statt dessen wies sie auf den Wiesenrand vor dem Stechpalmengebüsch und sagte:

»Schau nur, Henry, *Bluebells*, wilde Hyazinthen, und es sind auch ein paar weiße unter den blauen.«

»Redest du eigentlich immer nur von Blumen«, entgegnete Henry und nahm ihre Hand in seine. Schweigend gingen sie durch den hellen Abend. Dann begann Henry zu pfeifen, ein leichtes kleines Lied, immer wieder, und dazwischen warf er rasche Blicke auf Stasi, die sich bemühte, unbefangen zu bleiben.

»Was pfeifst du da, Henry«, sagte sie zuletzt und ihre Stimme schwankte ein wenig, »ist es ein englisches Lied?«

»Ach, es ist ein dummer kleiner Song, etwas, das ich vor vielen Jahren einmal hörte, und das mich als Junge deshalb berührte, weil sein Inhalt so gar nicht auf meine Eltern zutraf. Ich glaube, damals machte es mich traurig, vielleicht, weil ich zum ersten Mal ahnte, wie es sein könnte, das Zusammenleben mit einem Menschen, weißt du.«

»Sing mir den Text vor, Henry«, bat Stasi.

Er begann:

»A ragamuffin husband and a rantipoling wife
We'll fiddle it and scrape it
Through the ups and downs of life.«

Henry lächelte, und in diesem Lächeln stand eine kleine Traurigkeit und gar nichts von dem kühlen Spott, der ihn sonst umgab wie ein Schutzpanzer: »Es ist gewissermaßen ein historisches Lied: der Premierminister der Königin Viktoria, William Gladstone, sang es mit seiner Frau. Sie sollen sich dabei an den Händen gehalten und getanzt haben.«

»Was heißt *ragamuffin* und *rantipoling,* Henry?«

»Ach, das ist schwer zu übersetzen, man muß es mehr spüren als wissen, das ganze Lied drückt einfach Zärtlichkeit und Zusammengehörigkeit aus.«

»Ragamuffin ist ein entzückendes Wort«, sagte Stasi, die sich seltsamerweise am Klang von Vokabeln begeistern konnte, »es wäre ein netter Kosename.«

»So, findest du?« Henry pflückte zerstreut ein paar *Bluebells* und gab sie Stasi.

Sie hatten nun den engeren Bereich des Parks hinter sich gelassen und schritten dem gelben Haus zu, das still über den verblassenden Magnolien schlief. Timothy lief immer ein Stück voraus und hatte an diesem Abend offenbar den Ehrgeiz, ein diskreter und vorbildlicher Hund zu sein.

Plötzlich blieb Henry stehen und schloß Stasi heftig in seine Arme. Er küßte sie mit einer Wildheit, die nach dem heiteren Wortgeplänkel der letzten halben Stunde überraschend kam. Dann ließ er sie los, nahm ihre Hände in seine und umfaßte ihren Kopf, das helle Haar, die hohe Stirn mit den dunklen Brauenbögen und die nachdenklichen kindlichen Augen mit einem langen Blick:

»Stasi, willst du mich heiraten? Aber nicht irgendwann und nach einer idiotisch langen bürgerlichen Verlobungszeit, nein bald, in ein paar Wochen. Du weißt, ich muß mit meinem besten Stier auf eine Ausstellung nach Australien und Neuseeland. Stasi –«, er zog sie wieder an sich: »Ich möchte dich mitnehmen, als meine Frau, es würde unsere Hochzeitsreise sein.« Er schwieg.

Stasis Knie zitterten. Unwillkürlich blickte sie zu dem gelben Haus und zu den Magnolien, die weiße Blätter auf den Rasen streuten.

»Komm, Henry«, sagte sie, »setzen wir uns doch auf die Steintreppe.« Ihre Gedanken wirbelten durcheinander, Freude und Furcht nahmen ihr fast den Atem. Sie fühlte sich wie jemand, den man zu plötzlich auf die Spitze eines Turmes gestellt hat, und den die Aussicht noch blendet.

»Henry, wir kennen uns erst so kurze Zeit, was weißt du denn von mir?«

»Ich weiß zumindest eines: es ist völlig ausgeschlossen, daß du dich jemals in Richtung meiner Mutter entwickelst. Und das ist schon sehr viel.«

»Wir kommen aus sehr verschiedenen Welten: wie sollen wir wissen, ob wir zueinander passen? Ich mag dich sehr, Henry, aber laß uns doch noch ein wenig Zeit!«

»Stasi«, er legte den Arm um ihre Schulter, »und wenn wir uns ein Jahr kennen würden oder zwei, wie sollten wir es dann besser wissen? Jeder von uns beiden wird in den nächsten zwanzig Jahren sehr weit von *dem* Menschen fortwachsen, der er jetzt oder wenig später noch ist, und wird möglicherweise überraschende und nicht vorhersehbare Entwicklungen durchlaufen.«

Die Sonne stand nun knapp über dem Horizont und schüttete dunkles Gold über das Tal und über Henrys entschlossenes Gesicht mit dem widerspenstigen Haarschopf: »Sich an einen Menschen zu binden für immer ist nun einmal ein Risiko, das größte und folgenschwerste, das man im Leben eingehen kann.«

»Aber es gibt eine Verschiedenheit, die anregt und eine, die so groß ist, daß sie lähmt und keine Brücke erlaubt«, sagte Stasi leise.

Henry drückte sie an sich: »Ich züchte Bullen und du Rhododendren, warum sollte das nicht zusammengehen! Die Kinder haben wir dann gemeinsam!« Etwas vom alten Spott schwang in seiner Stimme.

Und nach einer Weile: »Stasi, bitte, du mußt dich jetzt entscheiden. Ich will dich doch mitnehmen, und die Ausstellung läßt sich leider nicht verschieben. Ich muß ohnehin bald nach London, um alles in die Wege zu leiten.«

In Stasi erwachte plötzlich ein Zorn: die Stiere! Und sie war nur ein Teil des Programms, das glatt abrollen sollte. Es spielte keine Rolle, wenn ihre Gefühle überfordert wurden und alles viel zu schnell kam. Nein, sie konnte nicht Ja sagen, jetzt noch nicht.

»Es tut mir leid, wenn du mit der Zeit ins Gedränge kommst, Henry«, sagte sie, »aber ich kann nicht mit dir fahren.«

Die Sonne war nun untergegangen und das Tal lag plötzlich wie erloschen. Stasi fröstelte und zog ihre Jacke an.

Henry hatte sich von der Steintreppe erhoben und stand sehr aufrecht da, die Hände in die Hosentaschen vergraben. Mit einem Male fühlte Stasi sich unendlich müde.

Da klang ein lang anhaltendes Wolfsgeheul, ein tiefes drohendes Bellen zu ihnen.

»Was ist das?« rief Stasi erschrocken.

»Es ist Timothy, der einen Igel entdeckt hat«, sagte Henry mit ausdrucksloser Stimme.

Stasi, froh über die Ablenkung, folgte dem drohenden Bellen, und da hinter der nächsten Wegbiegung stand Timothy, beide Vorderpfoten ins Gras gestemmt, und bellte einen unbeweglichen Stachelball an. Ab und zu stieß er kühn mit der Schnauze vor, jaulte leise und ging wieder dazu über, konzentrische Kreise der Wut um den stacheligen Feind zu ziehen, wobei er mit den Vorderpfoten das Gras aufpflügte. Aber die Stachelfestung war uneinnehmbar und zuletzt gelang es Stasi, den Hund am Halsband wegzuziehen.

»Ja, du hast ja jetzt einen Kavalier, der dich nach Hause begleitet. Entschuldige mich also Stasi, ich werde noch kurz zur Koppel gehen und sehen, was mein Preisstier macht. Gestern war er unpäßlich.« Und er fügte noch bitter hinzu: »Eigentlich hatte ich gehofft, wir würden zusammen hingehen.« Damit machte er kehrt und ging rasch den Weg in der einsetzenden Dämmerung davon, das Tal hinunter.

Sehr zeitig am nächsten Morgen hörte Stasi Aufbruchsgeräusche, jene unbehagliche und hastige Abfolge von Tönen, die nicht zur gewohnten Morgenmelodie des Hauses gehörten, und dann das Rollen von Rädern über den Kies: ein Wagen wurde aus der Garage gefahren. Sie zog rasch ihren Schlafrock an und lief ans Fenster. Es war Henrys Auto. Er stieg noch einmal aus, nahm die Koffer und verstaute sie hinter den Sitzen. Dann sprach er noch ein paar Sätze mit dem Burschen, der die Koppel betreute. Sicherlich über die vermaledeiten Stiere. Der Teufel soll sie doch holen, dachte Stasi und spürte ihre Augen naß werden. Sie tat sich mit einem Mal sehr leid.

Elegant und schmal wie eine Stahlfeder sprang Henry in seinen Wagen, startete und fuhr die Auffahrt hinunter. Stasi war es, als hätte er den Bruchteil einer Sekunde lang den Kopf zu ihrem Fenster gewandt. Sie hob eine Hand und winkte zögernd, aber er war schon fort und konnte es unmöglich gesehen haben.

Stasi starrte auf die Wegbiegung, hinter der der Wagen verschwunden war, bis sie sich unter ihren Tränen in ein verschwommenes Nichts auflöste, und plötzlich mußte sie an den *Bluebell*-Wald denken, an den unnennbaren Frühlingsduft und an seine Umarmung, die sie dort erfahren hatte.

Sie warf sich auf ihr Bett und weinte, wie nie in den letzten Jahren, seit sie ein erwachsenes und vernünftiges Mädchen geworden und den Überraschungen des Lebens gewachsen war.

Dann fiel ihr das Frühstück ein, sie mußte in die Küche gehen und Nannie helfen. Hastig trocknete sie ihre Augen, wischte Puder auf ihre gerötete Nase und verließ ihr Zimmer. Als sie die Tür öffnete, fiel ein Zettel zu Boden. Darauf stand in Henrys steiler, schwer leserlicher Schrift, daß er nach London gefahren sei, wohin ihm der Stier nachgebracht werde und daß er vor seiner großen Reise nach Australien und Neuseeland nicht mehr nach Silverdale zurückkomme. Sonst nichts.

Stasi hätte sich gleich noch einmal in einen Tränenstrom verwandeln mögen, aber sie holte tief Luft, dachte an das Frühstück und ging nach unten.

Da stand Nannie am Herd und briet Speck, sie warf einen listigen Blick auf Stasi und schien ungewöhnlich munter, obwohl sie noch immer keine Post aus Cornwall bekommen hatte.

Das Gespenst von Silverdale
oder: Die Stunde der Wahrheit

Henry war also abgereist, kalt und abschiedslos war er gegangen und ließ eine verwirrte und kummervolle Stasi zurück. Und als die Tage hingingen, grau und sonnenlos, und Ströme von Regen die Verheißungen des jungen Sommers löschten, erfuhr Stasi, daß es auch hier auf Silverdale, am Ort der Verzauberung und der Blütenfeste, einen tristen Alltag gab, eine englische Version jenes Alltags, der einem diesseits und jenseits des Kanals auf die Nerven ging, ein ausgefahrenes Geleis, in dessen Bahnen man sich mühsam bewegte.

Julian war so unausstehlich wie immer, seine Nase rann und troff, er sang am Morgen und spielte seit neuestem an den Nachmittagen so angeregt und unter großem Siegesgeschrei die Schlacht auf den *Culloden Fields*, wo die Engländer den schottischen Hochland-Clans eine schwere Niederlage beigebracht hatten, daß Stasi, die in schmerzliche Grübeleien versunken in ihrem Zimmer saß, eines Tages nicht mehr an sich halten konnte, hinausstürzte, die Tür zu Julians Zimmer aufriß und ihm voll Wut zuschrie: »Zum Teufel mit deinen ewigen Siegen! Warum spielst du zur Abwechslung nicht einmal Dünkirchen?« Der junge Wassermann sah Stasi so fassungslos an, daß sie sich gleich wieder ihrer Wut schämte und die Tür schloß. Was für eine primitive Anwandlung, schalt sie sich, aber Julians Nationalismus war manchmal enervierend.

Sir Edward verhielt sich freundlich, aber wortkarg, offenbar ärgerte er sich über Muffett, der eine Periode allerschlimmsten Suffs durchmachte und fast zu gar nichts mehr zu gebrauchen war. Stasi sah den Herrn von Silverdale auch nur beim Frühstück und beim Lunch. Zum Tee erschien er kaum je, wenn seine Frau nicht im Hause war, er blieb dann im Park und arbeitete bis zum Abend, und sein Dinner nahm er, allein und gelassen im Eßzimmer thronend, in *splendid isolation* zu sich. Er wirkte dabei nicht einsam, sondern eher friedlich und in sich ruhend.

Mit Mrs. Muffett zusammenzuarbeiten, war auch nicht aufheiternd! Ihr Sohn Geoff war nach Hause zurückgekehrt, hing untätig bei seiner Mutter herum, plagte sie mit seiner Arroganz und seinen Launen, und die arme Mrs. Muffett war nervös und hatte verweinte Augen, wenn sie am Morgen kam.

Am schlimmsten aber und mit Worten kaum zu schildern war es mit Nannie. Eines Tages kam ein Brief aus Cornwall, in dem Nannies Verlobter gestand, daß ihn seine Courage gewissermaßen reue und daß er von seinem Eheversprechen, jenem an einem glückseligen Regentag auf der Suche nach dem verlorenen Timothy gegebenen, zurücktrete.

Die Enttäuschung der armen Nannie war fürchterlich und schlug in eine anhaltende Wut gegen die gesamte Menschheit um. Stasi näherte sich der Unglücklichen mit größtem Zartgefühl und ausgesuchter österreichischer Freundlichkeit, aber es nützte alles nichts, Nannies Düsterkeit, ihr Ingrimm und die Schärfe, mit der sie einem das Wort vor dem Mund zerriß, schlugen seit dem Scheitern der kornischen Verlobung einfach alles. Die Küche war mehr denn je ein Ort des Schreckens, ja, ein Hinrichtungsplatz mußte dagegen fast anheimelnd wirken.

So beeilte sich Stasi, jeden Morgen schnell das Feld zu räumen, bevor sie die Atmosphäre dort zu einem Eiszapfen einfror, und ging fast erleichtert in Sir Edwards Arbeitszimmer, um den Schreibtisch daselbst von einem Wust von Gartenzeitschriften zu befreien und den Kamin mit dem Bild des Helden von Waterloo abzustauben. Langsam fuhr sie die Schnörkel des schweren Goldrahmens entlang, ließ aber plötzlich das Tuch sinken und betrachtete stirnrunzelnd das lockenumwallte Gesicht über der Uniform: zweifellos, der Kämpfer von Waterloo hatte eine gewisse Ähnlichkeit mit Henry. Dieselben blauen entschlossenen Augen und diese aufreizende Kühle um den Mund.

Aber wollte sie nicht für eine Weile Henry vergessen, diesen Menschen, der im Grunde nur seine idiotischen Stiere im Kopf hatte? Sie nahm das Staubtuch und verließ Sir Edwards Arbeitszimmer.

Vielleicht würde es sie ablenken und erfrischen, wieder einmal einen Blick in das Leben Heinrichs des Achten zu werfen.

Rasch lief Stasi in den ersten Stock und betrat Lady Gwendolyns in Ordnung und Frieden ruhendes Schlafzimmer. Es gab eigentlich nichts abzustauben, und der Toilettetisch war, seit Lady Gwendolyn ihren kosmetischen Kampf gegen die Jahre nach Taormina verlegt hatte, öde und leer. Also konnte Stasi ohne Umschweife ihrer historischen Lektüre nachgehen.

Heinrichs Verschleiß an Königinnen war enorm. Aber zumindest schien er diesmal zu bekommen, was er verdiente: Catherine Howard war jung und lebenslustig und lange nicht so tugendhaft, wie der verliebte König annahm. Sie fand es viel kurzweiliger und erfrischender, Schäferstündchen mit jungen Kammerherren zu halten, als ihrem erlauchten Eheherren zu Willen zu sein, der mittlerweile alt, fett und kränklich geworden war und ein offenes Bein hatte.

Der reichliche Genuß von Wildschweinen und Fasanen, Mastochsen und Rebhühnern, die mit Ingwer und Nüssen, Früchten und Pilzen gefüllt waren, opulente Mahlzeiten, die der König mit gewaltigen Humpen Weines hinunterspülte, hatten ihn mit den Jahren weder schöner noch gesünder gemacht. Trotzdem waren sein Erstaunen und seine Wut groß, sich nun plötzlich seinerseits als der Gefoppte zu sehen.

Catherine Howard wurde geschwind in den Tower gebracht, und nach dem Urteilsspruch, der ihr »ein abscheuliches, niedriges, fleischliches, wollüstiges und lasterhaftes Leben« vorwarf, ohne Umschweife geköpft.

So war der König zum anderen Mal ohne Ehefrau und sah sich eifrig nach einer neuen um, denn er hoffte immer noch auf männliche Nachkommenschaft. Eine Ahnung sagte Heinrich, daß es mit Edwards, des Prinzen von Wales' Gesundheit nicht weit her sei, und doppelt genäht hält besser.

Die sechste Königin hieß Catherine Parr und gelobte in ihrem Eheversprechen »heiter und gehorsam zu sein im Bett und am Tisch«. In eben dieser Reihenfolge gelobte sie es und sympathisierte im übrigen mit dem Luthertum, und wäre sie nicht im letzten Augenblick klug genug gewesen, sich dem König in allem zu unterwerfen und die Sanftmut und weibliche Unwissenheit in Person zu verkörpern, sie wäre auch in den Tower gewandert, wo man auf das Köpfen von Königinnen schon bestens eingespielt war.

Vor Stasis Augen verschwammen die Buchstaben. Warum weinte sie denn jetzt? Das englische Klima tat ihr offenbar nicht gut. Und wie kam sie von Heinrich plötzlich auf Henry? War das denn nicht absurd?

Sie verscheuchte die traurigen Gedanken und las weiter. Catherine Parr blieb ungeschoren, denn Heinrich war in der Folge zu sehr mit seinem schlechten Gesundheitszustand beschäftigt, um noch im engsten Familienkreis aggressiv zu sein, und eines schönen Tages stellte Catherine Parr mit Erstaunen und Erleichterung fest, daß sie den gefährlichsten aller Könige und Gatten überlebt hatte.

Nachdenklich schloß Stasi das Buch und ging hinunter. So traurig und zerstreut war sie, daß sie sogar vergaß, abends die Silbervögel auf den Tisch zu stellen, und Sir Edward von seinem einsamen Dinnerplatz aus in die Küche bellte, ob man denn nun gesonnen sei, ihn fortan ohne Salz, Pfeffer und Senf essen zu lassen. Stasi eilte schuldbewußt herbei, Sir Edward murmelte etwas Begütigendes und bedachte sie mit einem prüfenden Blick. Dann wandte er sich kritisch seinem Steak zu und fand es zäh. Er seufzte und beschloß, nun öfters in seinem Klub zu essen. Seit Nannie wieder einmal Liebeskummer hatte, waren die Steaks nur mehr ungenießbar.

An den langen stillen Abenden überlegte Stasi nun immer öfter, ob sie nicht vorzeitig aus England abreisen und nach Österreich zurückkehren sollte. Jener letzte Abend mit Henry, als sie beide vor den verblühenden Magnolien auf der Steintreppe des gelben Hauses gesessen waren, ging wieder und wieder durch ihre Gedanken.

Hatte sie einen Fehler gemacht? Warum war es ihr nicht gelungen, über den Schatten ihrer Ängstlichkeit zu springen und Ja zu sagen, ganz einfach Ja, und mit Henry zu gehen, wohin er wollte, sobald er wollte, mit und ohne Stiere? Und bei allen ihren schmerzlichen Grübeleien wurde es ihr immer klarer, daß sie ihn liebte.

Aber Henry war fort, keine Zeile, kein noch so kleines Lebenszeichen kam von ihm, und wahrscheinlich dachte er gar nicht mehr an sie. Das sah ihm ähnlich. Diese Kühle um die Mundwinkel! Nein, er hatte kein Herz, er verstand sie nicht, er besaß keine menschliche Wärme, keine Gemüthaftigkeit, er war ein abscheulicher und kaltschnäuziger Engländer!

Stasi, die gerade ihre gefüllte Wärmflasche zuschraubte, geriet in Zorn und schleuderte die arme *hot-water bottle* durch das offene Fenster in den Garten hinaus. Sie starrte ihr nach und es war ihr, als habe sie sich eben von England losgesagt. Ja, sie würde bald heimfahren, nun war es beschlossen.

Am nächsten Morgen, im freundlichen Licht des Tages, schämte sie sich und schlich zeitig in den Garten, um die so schuldlos ausgesetzte Wärmflasche zu suchen. Doch da kam der alte Muffett des Weges, der ausnahmsweise einmal nüchtern war, und überreichte ihr den gesuchten Gegenstand mit dümmlichem Grinsen.

Lustlos ging Stasi in diesen Tagen die Kapaune füttern, ihre kalte Gehässigkeit und ihr ewiges Gezänk ermüdeten Stasi über die Maßen, und am liebsten hätte sie einen Fuchs gebeten, sich doch eines Nachts jener unerleuchteten Geschöpfe anzunehmen, deren Streitsucht nur noch von ihrer Dummheit übertroffen wurde.

Ohne Freude ging sie durch den Park, sie vermied es, die *Bluebells* zu betrachten, deren Anblick ihr die Tränen in die Augen trieb, und als der Regen endlich aufhörte, schien es Stasi, als sei der Glanz und die hochgemute Schönheit von den Rhododendronblüten genommen.

Timothy wenigstens enttäuschte Stasi nicht. Er wich kaum von ihrer Seite und betrachtete sie oft lange und tiefsinnig mit seinen schönen braunen Augen, als wollte er sie für die Unbegreiflichkeiten des Lebens entschädigen und sie trösten. In den letzten beiden Tagen allerdings war Timothy von einer seltsamen Rastlosigkeit gewesen, immer wieder hob er plötzlich den Kopf, horchte angestrengt und gespannt nach draußen und konnte nicht einmal auf dem Lammfell vor dem Kamin des Waterloo-Helden jenen hingegebenen Schlaf finden, dem Hunde ansonsten rund um die Uhr ohne Schwierigkeiten obliegen.

Es kam auch vor, daß er plötzlich und ohne jeden ersichtlichen Grund in große Wut geriet, ein wolfsähnliches, langgezogenes Geheul ausstieß und stürmisch verlangte, hinausgelassen zu werden, indem er, sehr zum Schaden der Türen, mit den Vorderpfoten wild an der Türfüllung kratzte und die Schnalle ansprang.

Wenn Stasi mit ihm in den Garten ging, schlug er gleich den Weg zum gelben Haus ein und versuchte Stasi zum Mitgehen zu bewegen. Schnuppernd lief er die Steintreppe hinauf und winselte aufgeregt. Aber Stasi wollte nicht darauf eingehen, ärgerlich rief sie ihn zurück, und er folgte ihr widerwillig: »Timothy, du Dummer – kannst du denn nicht begreifen, daß ich gerade dahin nicht gehen will!« Stasi streichelte das lockige Stirnfell des Hundes, der sich an sie schmiegte, und zog ihn zurück in weniger erinnerungsträchtige Teile des Parks.

Am Nachmittag kam ein Brief, und beim Tee teilte Sir Edward Julian, Stasi und Nannie mit, daß Lady Gwendolyn in etwa zwei Wochen zurückkehre, nicht erholt, wie sie in ihrem Schreiben betonte, sondern eher angegriffen, da in diesem Jahr die Moskitos sehr zahlreich seien und ein ständiger Schirokko wehe.

»Ich möchte wissen, warum Lady Gwendolyn so überraschend zurückkehrt«, sagte Nannie zu Stasi, während sie gemeinsam das Teegeschirr wegräumten, »sonst bleibt sie immer länger fort.«

»Es ist doch erfreulich, daß sie offenbar versöhnt zu ihrer Familie zurückkehrt, nicht wahr?« antwortete Stasi, aber Nannie versetzte nur geringschätzig, daß daran nichts Erfreuliches oder Überraschendes sei, denn Lady Gwendolyn war noch immer nach Silver-

Das gelbe Haus

dale zurückgekehrt und werde es immer tun, aus dem einfachen Grund, weil sie hier ein angenehmes Leben führe und ihr Herz entsprechend pflegen könne.

Ein maliziöses Lächeln spielte um Nannies schmalen Mund, und Stasi fragte sich, welche Art von trauriger Haßliebe sie wohl mit ihrer Herrin verbinde.

Abends stand Stasi an ihrem Fenster und blickte in den dunklen Park hinaus. Ich will heimfahren, dachte sie, bevor Lady Gwendolyn zurückkehrt, und morgen werde ich es Sir Edward sagen. Ihm brauche ich nicht viel zu erklären, er wird meinen Entschluß hinnehmen in seiner ruhigen Art und keine Fragen stellen. Aber Lady Gwendolyn würde mich ansehen und alles wissen, und ich könnte es nicht ertragen, die Freude in ihren Augen zu lesen.

Sie bürstete ihre Haare und starrte ins Dunkel, dorthin wo man zwischen Baumkronen einen Teil des gelben Hauses sah. Ihr war, als hätte sie hinter den Eckfenstern ein rasch verlöschendes Licht wahrgenommen. Stasi ließ die Bürste sinken und sah eine Weile angestrengt zu den Fenstern hin, während eine unerklärliche Angst in ihr hochkroch.

Da – noch einmal, und jetzt wieder nur mehr das Dunkel. Hatte Nannie nicht einmal gesagt, Ghostie wohne im gelben Haus, wenn er nicht gerade ein Gastspiel auf Silverdale gab? Was für ein Unsinn! Nun, bald würde das alles weit hinter ihr liegen, der Geist von Silverdale und die arme Nannie mit ihrem gescheiterten Leben, und Julian, der eine einsame Kindheit durchlebte und Stasi immer mehr mit Mitleid und Zuneigung erfüllte – er und alle Bewohner Silverdales. Sie sah noch einmal über den Park hin zum gelben Haus, aber alles blieb dunkel, und sie hatte sich natürlich getäuscht. Rasch legte sie sich ins Bett und löschte das Licht. Sie wollte schlafen, schlafen und an nichts mehr denken.

Es war zwei Uhr morgens, in den Bäumen des Parks regte sich ein leiser Wind und schüttelte Wassertropfen aus den schweren Wipfeln der Deodar-Zedern, die harten wachsartigen Blätter der Stechpalmen und Rhododendren flüsterten und raschelten unter dem mondlosen Himmel, und die Fenster von Silverdale waren allesamt finster und erloschen.

Nannie lag in ihrem Bett, ihr Mund war leicht geöffnet, sie röchelte in einem tiefen traumlosen Schlaf, zu dem ihr eine Tablette verholfen hatte, nachdem sie lange, in quälende Gedanken versunken, wachgelegen hatte.

Sir Edward war zeitig mit dem Handbuch des Freilandgärtners zu Bett gegangen, hatte die Lektüre anregend, aber nicht schlaffördernd gefunden und hierauf zur Beruhigung ein paar kleine Sherrys zu sich genommen, deren Flasche er für solche Zwecke stets in einem diskreten und nahegelegenen Wandschränkchen verwahrte, was sich schon oft als zweckdienlich erwiesen hatte. Auch heute war er mit Hilfe des trockenen und wohlgelagerten Sherrys kurz nach Mitternacht eingeschlafen und würde wohl nur durch einen Kanonenschuß vor sechs Uhr morgens zu wecken sein.

Lady Gwendolyn im fernen Taormina hatte noch keine Ruhe gefunden. Nachdem sie den Abend unter Gitarrengeklimper und *Solemio*-Musik in der Gesellschaft einiger römischer Bekannten in der Halle ihres Hotels verbracht hatte, war sie in ihr Zimmer gegangen. Dort las sie noch ein wenig, und nun stand sie mit größter Erbitterung auf ihrem Bett, einen Kopfpolster in der Hand und unter Mordgedanken bereit, denselben an die Decke zu schleudern, wenn sich dort etwa einer jener Moskitos zeigen sollte, die ihr erfolgreich die Nachtruhe vergällten.

Sie seufzte und dachte flüchtig an Jonathan. Wenn überhaupt jemand, dann fehlte ihr dieser kleine brave und beflissene Hund, der die schlechte Laune seiner Herrin durch unerschöpfliche Vorräte von Zuneigung und Geduld beantwortete. Lady Gwendolyn hatte auch seinethalben vor Wochen an ihre Freundin Mrs. Aberfieldie geschrieben und sie gebeten, doch Jonathan eine Weile zu sich zu nehmen, solange bis sie selbst nach England zurückkehre, denn, so schrieb sie ihrer Freundin, der gute Jonathan werde durch Timothy und sein wildes und ungebärdiges Wesen unterdrückt.

So schlief also Jonathan eben jetzt um zwei Uhr morgens friedlich im Aberfieldieschen Haus und nahm wenig Notiz von den lauten Nies- und Schneuzanfällen Mr. Aberfieldies, der seine schwere Erkältung dem letzten Auftritt des zugluftliebenden Geistes verdankte.

Julian in Silverdale House hatte verbotenerweise eine Reihe von Mickymaus-Heften in sein Zimmer geschleppt und sie beim Schein seiner Nachtlampe und zu einer Zeit, wo ordentliche schulpflichtige Jungen längst einem wachstumsfreundlichen Schlaf oblagen, gierig in sich hineingeschlungen, grinsend und feixend und mit Seufzern hingegebenen Entzückens. Das letzte Heft war etwa um zwölf Uhr seiner Hand entglitten, es lag neben dem Bett des jungen Wassermanns, dessen rötlicher Haarschopf über dem sommersprossigen Gesicht unter den tiefen Atemzügen des Schlafenden zitterte.

In einer Ecke von Julians Zimmer lag auf seiner alten Schottendecke Timothy, und ein oberflächlicher Beobachter hätte wohl angenommen, daß er schlafe. Er schlief aber nicht, sondern lag in einer tiefen Bewußtlosigkeit, denn jemand hatte am Abend, als Timothy seinen gewohnten letzten Rundgang durch den Garten unternahm, ein paar von seinen geliebten Gingerbiskuits mit einem Betäubungsmittel getränkt und sie auf den Weg gelegt, und der gierige alte Timothy hatte der Versuchung nicht widerstanden und sie mit wachsender Nachdenklichkeit gefressen. Dann war er mit steifen Beinen und benommenem Kopf gerade noch zu seiner Decke in Julians Zimmer geschlichen und dort sofort hingesunken.

Stasi lag in ihrem Bett und schlief einen unruhigen, von wirren Träumen durchsetzten Schlaf. Sie war eine von Heinrichs des Achten Königinnen, und als sie merkte, daß der König ihrer müde wurde und mit Tower-Gedanken zu spielen begann, drehte sie den Spieß kurzerhand um und ließ den gewalttätigen Heinrich selbst in den Tower werfen. Sie verurteilte ihn mit größter Genugtuung zum Tode, und nun sah sie im Traume zu, wie er zum Schafott geführt wurde. Seine massige Gestalt in dem Seidenwams wirkte gar nicht mehr königlich, und als er die Stufen zum Schafott hinaufstieg, wurde er plötzlich schlank und jung. Er legte den Kopf auf den Richtblock, und während der Scharfrichter schon die Axt hob, erkannte Stasi mit einem Male, daß Heinrich die Züge Henrys trug, ja daß er ganz und gar zu Henry geworden war. Sie rannte zum Schafott und fiel dem Scharfrichter in den Arm, schluchzend warf sie sich über Henry, und immer noch heftig schluchzend erwachte sie.

Sie setzte sich im Bett auf und suchte ein Taschentuch, und während sie ihre Tränen trocknete und mühsam versuchte, aus dem schrecklichen Traum heraus und in die stille Wirklichkeit der Nacht zurückzufinden, war ihr, als höre sie von unten aus dem Eßzimmer, wie ihr schien, Geräusche.

Sie wollte Licht machen, zog aber die Hand wieder zurück. Angestrengt horchend saß sie im Dunkeln: kein Zweifel, jemand machte sich im Eßzimmer zu schaffen. Geoff Muffett, schoß es durch ihren Kopf, und sie erinnerte sich seines gierigen und kalten Blickes, mit dem er damals das Silber betrachtet hatte, als er zu ihr in die Küche kam und sie nach seiner Mutter fragte.

Geoff Muffett – ja, er mußte es sein. Immer schon hatte sein Anblick ihr Unbehagen eingeflößt. Langsam und vorsichtig setzte Stasi die Füße auf den Boden, nahm ihren Schlafrock vom Sessel und zog ihn an.

Sie wollte jetzt leise hinunterschleichen und ganz plötzlich das Licht des Eßzimmers aufdrehen. So konnte sie Geoff Muffett stellen und auf frischer Tat ertappen. Und vielleicht würde sie damit letzten Endes der armen Mrs. Muffett helfen.

Einen Augenblick lang dachte Stasi daran, Sir Edward zu wecken – aber wie hätte es denn ausgesehen, wenn sie mitten in der Nacht in seinem Schlafzimmer aufgetaucht wäre? Nein, das konnte sie schon allein, und Geoff Muffett war jedenfalls der Typ des Feiglings, von ihm hatte sie nichts zu befürchten.

Schritt um Schritt, damit keine Stufe knarrte, ging sie über die Treppe in die Halle und zum Eßzimmer. Sie drückte leise die Klinke nieder, die Schalter für das Licht waren gleich innen an der Tür, dachte sie mit jener ruhigen Konzentration, die prekäre Situationen meist verleihen. Durch einen Spalt der geöffneten Tür schlüpfte sie ins Eßzimmer, das Licht flammte auf, ein Mann stand vor dem offenen Wandschrank, in der jähen Helligkeit blitzte das Gefieder der Silbervögel auf, die der Mann in der Hand hielt und eben in einen Seesack versenken wollte. Er wandte den Kopf, und Stasi sah in Cecil Delmontes Gesicht.

Aber nur den Bruchteil einer Sekunde lang, dann war er bei ihr, löschte mit einer Bewegung das Licht, packte Stasi und preßte ihr, als sie schreien wollte, brutal einen Arm vor Mund und Nase, so daß sie nach Atem rang. Er zog sie zur Anrichte, riß eine Serviette aus der Lade und stopfte sie Stasi in den Mund. Eine zweite wickelte er über ihre untere Gesichtshälfte, so daß sie fest geknebelt war. Er nahm seine Pistole von der Anrichte, hielt den Lauf an Stasis Rücken, nahm den Sack und stieß das Mädchen auf die Tür zu. Für einen Amateur arbeitete Cecil Delmonte mit erstaunlicher Präzision.

»Wenn mich schon jemand bei der Arbeit stört, dann am besten du, mein sprödes Kind vom Kontinent!« flüsterte er, während er die Tür öffnete und Stasi vor sich herschob: »Du verhältst dich jetzt vollkommen still und folgst mir zum Hinterausgang, sonst kannst du dich morgen in England begraben lassen. Wir gehen zum gelben Haus, wo ich logiere, und bevor ich verschwinde, werde ich dich vernaschen, meine Süße – ohne zeitraubende Präliminarien und zur Strafe dafür, daß du einen primitiven Bullenzüchter einem Dichter vorgezogen hast!«

Stasi atmete mühsam, während Delmonte sie vorsichtig durch die Halle auf den Garteneingang zulotste. Sie spürte den Lauf der Pistole zwischen den Schulterblättern. Leise näherten sie sich der Tür, die in den Park führte.

Wenn es ihm einmal gelungen ist, mich aus dem Haus zu bringen, habe ich keine Chance mehr, fuhr es durch Stasis Kopf, und in dem verzweifelten Bemühen, sich irgendwie aus der schrecklichen Lage zu befreien, versuchte sie zu schreien.

Aber sie konnte nur Luft gegen die Tücher pressen, und ein kaum vernehmbares schattenhaftes Stöhnen drang aus ihrem Mund. Sofort verstärkte sich der Druck der Pistolenmündung auf ihrem Rücken, und Delmonte preßte ihren Arm in so brutaler Weise, daß ihre Knie nachgaben und sie sich unter dem jähen Schmerz krümmte. Er hielt sie mit eiserner Hand fest, während er mit der anderen geschickt und leise die Gartentür öffnete.

Ich gehe da nicht hinaus, dachte Stasi, während ihr Herz wild klopfte und in den Ohren dröhnte: ich lasse mich jetzt zu Boden fallen, soll er mich zum gelben Haus schleifen oder mich erschießen, es ist mir gleich.

Delmonte spürte ihren Widerstand und stieß sie durch die Tür hinaus in die feuchtkalte Dunkelheit. Die Pistole zwischen Stasis Schulterblättern war kalt und spitz wie ein Dolch. Da sah sie undeutlich, wie eine Gestalt sich aus dem Schatten der Hausmauer löste und vorsprang, und plötzlich wich der Druck der Pistolenmündung von Stasis Rücken, und niemand mehr hielt ihren Arm. Sie drehte sich um und sah Delmonte zusammensacken.

Es wurde also nichts aus dem Raub der Silbervögel und auch nicht aus Mr. Delmontes geplantem kleinem Sex-Festival. Ein gewaltiger Schlag in Cecils gepflegten Künstlernacken hatte die Situation von Grund auf verändert.

Er wollte taumelnd wieder aufstehen, aber da hatte man seine Hände schon gebunden, und zwar mit dem blaugelben College-Schal, den Mr. Delmonte freundlicherweise um den Hals getragen hatte, offenbar um sich gegen die scharfe Nachtluft zu schützen. Die Tür der Besenkammer wurde aufgestoßen und der gefesselte Cecil hineinbefördert und so brutal gezwungen, in dieser unstandesgemäßen und völlig unliterarischen Umgebung zu verharren, bis man zu weiteren Entschlüssen über ihn gelangt war.

Stasi lehnte zitternd an der Wand, die Augen weit aufgerissen verfolgte sie, was mit Delmonte geschah.

»Henry –«, flüsterte sie, und plötzlich erschütterte ein heftiges Schluchzen ihren ganzen Körper, »Henry, wenn du nicht gekommen wärest – Henry, er wollte – er wollte mich mitnehmen in das gelbe Haus ...«, sie brach ab, und nun weinte sie an Henrys Schulter, und er streichelte ihre Haare, ihr Gesicht, ihre Arme, hilflos und zärtlich und wie um sich zu vergewissern, daß ihr nichts Böses geschehen war.

»Ich war ein vernagelter und dummer Narr, Stasi«, sagte Henry und strich ihr sanft eine Haarsträhne aus der Stirn, »ich hätte nicht so wegfahren dürfen. Aber ich hatte keine glückliche Stunde in London, glaube mir.«

»Daß du jetzt gekommen bist, Henry, jetzt in diesem Augenblick, wo ich dich brauchte, wie ich noch nie in meinem Leben einen Menschen gebraucht habe – das werde ich dir nie vergessen, nie!«

»Es ist nicht mein Verdienst, Stasi, und eigentlich hatte ich nicht vor zu kommen. Aber heute abend, gestern, müßte man wohl sagen, denn es geht auf drei Uhr morgens, hatte ich ein komisches Gefühl, ich war rastlos und unruhig, ich hielt es nicht in meinem Hotelzimmer aus. So ging ich fort und lief ein wenig durch die Straßen, High Kensington und die Brompton Road hinunter bis zu Constitution Hill, aber das machte es nicht besser. So ging ich ins Hotel zurück und versuchte zu lesen. Und plötzlich hatte ich den starken und unabweisbaren Wunsch, dich noch einmal vor meiner Abreise nach Australien zu sehen, mit dir zu sprechen. Ich setzte mich in meinen Wagen und fuhr durch die Nacht, so schnell ich konnte.«

»Wie bist du so unbemerkt zum Haus gekommen, Henry? Eigentlich hätte man das Auto auf dem Kies hören müssen.«

»Ja, ich kam die Auffahrt herauf, und nach der letzten Wegbiegung sah ich plötzlich das große Licht des Eßzimmers aufflammen und gleich wieder verlöschen. Es war ja nicht anzunehmen, daß Ghostie eine Geisterstunden-Party gab, und so schöpfte ich Verdacht. Ich hielt auf der Stelle, stieg aus und lief leise den Weg herauf. Wenn ein Dieb im Haus ist, dachte ich, hat er bestimmt den Gartenausgang benützt. Diese Tür hat schon seit Jahren ein lächerlich schwaches Schloß.«

»Und so tauchtest du im richtigen Augenblick an der richtigen Tür auf, Henry«, sagte Stasi und lächelte schon wieder.

Aus der Besenkammer polterte es dumpf.

»Ach, wir haben ja noch ein Problem zu lösen! Hier kann der

Herr wohl nicht bleiben, und Mrs. Muffett dürfte einen Schock bekommen, wenn sie am Morgen den verschnürten Lieblingsgast ihrer Lady zwischen den Besen fände. Wir könnten ihn natürlich auch in der Tiefkühltruhe einfrieren und ihn nach Rückkehr meiner instinktlosen Mutter für ein Omelette Surprise auftauen«, sagte Henry in jenem leichten Ton, den Stasi an ihm liebte, und fuhr fort: »Oder meinst du, es sei in diesem besonderen Fall doch angebracht, konventionellen Methoden zu folgen und die Polizei zu rufen? Ich werde das gleich erledigen und noch einiges mehr.«

Er lief in die Halle, wo das Telephon stand:

»Schläft dieses Haus denn einen tausendjährigen Schlaf! Wo ist denn mein Vater, der wackere, und Nannie, die ihre Nase doch sonst reichlich und tief in die Belange der Familie steckt!«

Damit nahm Henry den Klöppel und schlug energisch und hart auf den großen Gong, daß sein Dröhnen dumpf und laut durch das schlafende Haus zog.

In wenigen Minuten erschien Sir Edward im Schlafrock oben an der Treppe. Er hatte einen umflorten Schädel und bedauerte flüchtig, die anregende Wirkung des »Handbuches für Freilandgärtner« in Sherry ertränkt zu haben.

»Henry, zum Teufel, was machst du denn hier! Solltest du nicht in London sein?«

»Danke Gott, daß ich es nicht bin«, erwiderte Henry trocken und geleitete seinen Vater wortlos zu der Besenkammer. Er öffnete die Tür: da saß Cecil Delmonte, die Hände auf den Rücken gebunden, trotzig unter den Teppichbürsten.

»Großer Gott, darum war mir dieser Kerl von Anfang an so unsympathisch«, murmelte Sir Edward, »aber was wollte er hier im Haus zu nachtschlafender Zeit?«

»Schau in den Sack da, Vater, dann weißt du es; die Silbervögel waren auch dabei. Stasi erwachte als einzige und hörte ihn im Eßzimmer rumoren, unvorsichtigerweise ging sie hinunter und wäre ihm zum Opfer gefallen, wenn ich nicht plötzlich in London den unerklärlichen und unsinnigen Wunsch gehabt hätte, mitten in der Nacht hierherzufahren.«

Sir Edward richtete sich zu voller Größe auf, der Sherry war aus seinem Kopf gewichen. Kalt und vornehm sah er auf den besenumkränzten Cecil herunter: »Daß Sie uns berauben wollten, darüber wäre noch zu reden gewesen, sogar die Silbervögel hätte ich Ihnen verziehen. Aber daß Sie dieses Mädchen, Sir, ein Mädchen, das uns gewissermaßen anvertraut ist...« Er brach ab und wischte sich die Stirn mit dem Taschentuch. Stasi sah Sir Edward an und entdeckte in diesem Augenblick eine starke Ähnlichkeit mit dem Helden von Waterloo.

»Ich hasse es, einen Menschen der Polizei zu übergeben, aber Sie lassen mir keine andere Wahl.« Bei Sir Edwards letzten Worten war auch Nannie aufgetaucht und betrachtete stumm und grimmig die Szene des Tribunals. Henry hatte telephoniert, und die Polizei erschien mit erstaunlicher Schnelligkeit.

Schweigend sahen die Bewohner von Silverdale zu, wie Mr. Delmonte der College-Schal abgenommen wurde. Es sah ganz so aus, als ob Cecil Delmonte nun fatalerweise gezwungen würde, sich vorübergehend den altmodischen Kategorien von Gut und Böse zu unterwerfen und seine freie Persönlichkeitsentfaltung in einer der einschlägigen Anstalten des Staates vorderhand auf ein gedeihliches Maß zu beschränken.

Die beiden Polizisten begannen den ungebetenen nächtlichen Gast aus dem Haus zu schaffen. Doch an der Tür hielt sie die Stimme Sir Edwards noch einmal auf:

»Einen Augenblick, bitte. Ich habe noch eine kleine Frage.« Er wendete sich mit gemessener Höflichkeit an Delmonte: »Ich glaube nicht fehlzugehen in der Annahme, daß Sie bei der Hausparty, zu der man Sie unnötigerweise geladen hatte, unser angebliches Hausgespenst persiflierten und auf der Geige im Kasten meines Zimmers *Greensleeves* spielten? War es nicht so, Sir? Und nach den Ereignissen dieser Nacht weiß ich auch, warum Sie es getan haben. Sie bereiteten gewissermaßen das Feld vor, nicht wahr?«

Delmonte warf Sir Edward einen wütenden Blick zu: »Wenn es Sie beruhigt: ja, ich habe dafür gesorgt, daß Ihr lächerliches Gespenst einmal mit einem intelligenten und originellen Einfall glänzen konnte.«

Sir Edward überhörte die Spitze: »Ich wußte es«, sagte er ruhig, »Sie waren schon in dem Zimmer, bevor die anderen kamen, und Sie näherten sich aus der falschen Richtung, das war ein Fehler. Schließlich kenne ich die Geographie meines Hauses.«

Er wendete sich von Cecil Delmonte, dem malenden Dichter oder dichtenden Maler und fallweisen Einbrecher ab, und als er nun langsam in das Eßzimmer ging, um nachzusehen, wie schlimm die Verwüstungen waren, wirkte er mit einem Male müde und alt.

Henry brachte ihm den Sack mit dem Tafelsilber, und schweigend nahm Sir Edward die Silbervögel heraus, hob sie hoch, daß ihr Gefieder im Schein des Lichtes glänzte und funkelte, und stellte sie behutsam auf ihren Platz. Er lächelte wehmütig:

»Queen Victoria schenkte diese Vögel unserem Haus. Es würde mich freuen, wenn sie noch ein paar Generationen Symbol und Inbegriff jener gediegenen Häuslichkeit sein könnten, die zu den Grundpfeilern Englands gehört.« Er seufzte und wandte sich an Stasi und Henry: »Und jetzt wollen wir versuchen, noch ein paar Stunden zu schlafen.«

In diesem Augenblick polterte es wüst und ungestüm aus dem Küchentrakt, und gleich darauf folgte ein Schrei aus Nannies Mund: »Ghostie – es ist Ghostie!«

Von Sir Edward war jede Müdigkeit weggeblasen und mit der Geschmeidigkeit eines Dreißigjährigen stürmte er auf die Speisekammer zu, aus der die ruhestörenden Laute drangen.

Dies war die Nacht der Enthüllungen, und Sir Edward war am Zuge. An der schreckerstarrten Nannie vorbei, die dastand wie Lots Frau und sich nicht regte, rannte er auf die Tür zu, riß sie auf, während deutlich das Scheppern zerbrechenden Glases herausdrang, und warf sich mit ausgestrecktem Arm gegen das vergitterte Fenster, durch dessen Stäbe eben etwas Schwarzes, Behendes entweichen wollte. Er bekam einen starken schwarzen Schwanz zu fassen, hielt ihn erbittert fest und zog mit aller Entschlossenheit, bis ein dazugehöriger schwarzer Kater in Lebensgröße fauchend und knurrend vom Fensterbrett auf den Boden der Speisekammer fiel. Sir Edward packte ihn am Nackenfell, hob ihn auf und warf ihn vor Nannies Füße:

»Hier haben Sie Ihren Geist! Er war wieder einmal hungrig.« Damit wischte er sich zufrieden seine Hände am Schlafrock ab.

Aber Nannie konnte sich nicht so rasch von der ihr liebgewordenen Vorstellung trennen: »Es ist Cromwells Geist, Gott steh uns bei!« flüsterte sie entsetzt, aber Cromwell, gereizt durch all den Wirbel und die Helligkeit und in seinem Wildleben scheu geworden, kratzte Nannie fest in die Hand, die sie zögernd nach ihm ausstreckte, und bewies damit eindeutig seine absolut irdische und greifbare Existenz.

»So«, bemerkte Sir Edward abschließend, »und jetzt hat wohl niemand mehr etwas dagegen, wenn ich zu Bett gehe. Ich hasse unruhige Nächte!« Damit schnürte er seinen Schlafrock fester und entschritt würdevoll nach oben.

Kater Cromwell

Nannie starrte kummervoll auf den wiedererstandenen Kater, dann ging sie kopfschüttelnd in die Küche, wärmte etwas Milch, tat sie in eine flache Schale und stellte sie vor den feindselig blickenden Cromwell. Langsam kam er näher, prüfend fuhr seine rosa Zunge aus dem schwarzen Fell in die weiße Milch, und während er nun immer schneller trank, dachte er, daß das häusliche Leben trotz allerlei Mängel zweifellos auch sein Gutes habe, und erwog, wieder an den Ort der Geborgenheit zurückzukehren.

Nannie beobachtete das trinkende Tier mit einem wehmütigen Blick, in dem der stets lebendige Groll mit verdrängter Mütterlichkeit rang, dann ging sie, ohne von Stasi und Henry Notiz zu nehmen, langsamen und müden Schrittes hinauf in ihr Zimmer.

»Und wir, sollen wir auch schon schlafengehen?« fragte Henry nun Stasi. Sie standen voreinander in der stillen nächtlichen Halle, sehr jung und beide gefangen in dem eigenen Schatten, den sie zu überspringen trachteten.

»Ich bin nicht müde«, sagte Stasi, »ich bin wacher als wach. Mir ist, als ob alle Uhren des Hauses laut in mir tickten.«

Henry nickte: »Ich kann mir vorstellen, in welcher Verfassung du bist. Was für eine Nacht – und wenn ich dich ansehe, packt mich noch einmal ein schrecklicher Zorn, und ich möchte alles tun, um die Spuren des Bösen in deinen Augen auszulöschen.«

Jäh nahm er ihren Kopf zwischen seine Hände und küßte ihre Augen, immer wieder und mit leidenschaftlicher Heftigkeit. Er lächelte ihr zu, und in der dämmerigen Helligkeit der Halle war es Stasi, als schimmerten seine Augen feucht.

»Ich möchte noch ein wenig in den Garten hinausgehen«, sagte sie schließlich, unbewußt jene Tröstung suchend, die ihr von allen die beste schien.

Er nahm ihre Hand, und sie gingen hinaus in die feuchte kühle Luft. Der Regen hatte aufgehört und zwischen großen Wolkenbänken leuchtete der Vollmond. Lautlos wanderten sie über jenen Weg, den Stasi mit soviel hoffnungsvoller Erwartung an ihrem ersten Morgen auf Silverdale gegangen war, und die Zweige der längst abgeblühten Kirschbäume zeichneten sehr dunkle Schatten in den mondhellen Rasen. Eine Weile schwiegen sie, während überall schwere Tropfen von den Laubbäumen und aus den Zederzweigen rannen.

»Stasi, Liebste«, sagte Henry dann, und seine Stimme war weich und unsicher, »willst du nicht doch meine Frau werden und mit mir fahren? Wir werden sehr viel freie Zeit für uns beide haben, und es ist mir auch gar nicht mehr wichtig, ob mein Stier einen Preis macht.«

Und mit einem Male war alles ganz leicht für Stasi. Sie warf sich in Henrys Arme, und jenes Schluchzen aus den bösen Minuten dieser Nacht brach noch einmal aus ihr heraus: »Ja Henry, ja –«, sagte sie, »ich fahre mit dir.« Sie lächelte, während noch Tränen über ihre Wangen liefen, und als Henry sie nun küßte, ahnte Stasi, ja wußte es mit der Klarheit des Mondlichts rings um sie, daß Henrys kühles und spöttisches Gehaben nur eine Schale war, ein Kleid, hinter dem sich der eigentliche Henry verbarg, jener Henry, dem sie in zehn, fünfzehn und zwanzig Jahren noch inniger begegnen konnte als heute, wo vieles noch verdunkelt war, verwirrt von ihrer beider Jugend.

Der Mond verschwand hinter einer Wolkenbank, ein Wind erhob sich und weckte in den Rhododendronblättern jenes trockene flüsternde Rascheln, das für sie so charakteristisch ist. Stasi fröstelte.

»Ich glaube, wir sollten doch allmählich ins Haus gehen«, sagte Henry und zog Stasi mit sich.

»Ich habe eine gute Idee«, sagte er, während er die Haustür öffnete: »Wir können unseren Wohnsitz im gelben Haus aufschlagen. Würde dir das gefallen? Du könntest jeden Tag damit beginnen, deine geliebten Magnolien zu betrachten.«

»O Henry, was für hinreißende Zukunftsaussichten!«

»Meinst du mich oder die Magnolien?« Er schloß die Tür: »Glaubst du, daß das gelbe Haus weit genug von Silverdale entfernt ist und du auf diese Distanz meine liebe Mutter ertragen kannst?« – Stasi hoffte es.

Am nächsten Morgen waren sie beide sehr früh auf, obwohl sie doch nur ein paar Stunden geschlafen hatten, und trafen einander auf dem oberen Gang, als ob sie die Zeit verabredet hätten. Henry sah Stasi an, und mit seinem provokanten Haarschopf wirkte er sehr jung und übermütig:

»Du hast heute nacht unter Kirschbäumen eine Verlobung gefeiert. Hast du das erfaßt, meine Süße?« Stasi erwiderte Henrys Blick: »Ich glaube schon.« Sanft strich sie über seine widerspenstigen Haare. Dann liefen sie die Stiege hinunter, und da sahen sie es:

Über den dunklen Boden der Halle lief ein dichtes Band von Rhododendronblüten – eine glühende, rosenfarbene Spur. Jemand hatte sie gestreut, mit leichter Hand und leisen Füßen, lange bevor Nannie oder Mrs. Muffett oder sonst einer aus Silverdale House auf den Beinen war. – Stumm betrachteten sie den schmalen Blütenteppich, den ein freundliches Wesen am Morgen ihrer Verlobung für sie ausgelegt hatte.

Der Hausgeist von Silverdale, so schien es, sichtlich erleichtert über den Vorübergang der Verwirrungen, befliß sich wieder jener kleinen Störfeuer, die für ihn so charakteristisch waren.

»Lach mich aus, Henry«, sagte Stasi leise, »aber ich muß einfach an Ghostie denken. Er ist doch ein rührender alter Herr, und er mag mich, Henry – er hat nichts dagegen, daß ich dich heirate. Sonst hätte er nicht gerade Rhododendren genommen!«

»Ich weiß, Stasi, ich stehe dem Phänomen ratlos gegenüber. Auf keinen Fall ist anzunehmen, daß Cromwell, der Kater, sich in lyrischer Selbstvergessenheit dazu verstiegen hätte, Blütenblätter zu streuen. Es entspräche gar nicht der zweckbetonten Katzenmentalität.« Henry schwieg betreten. Parapsychologie lag ihm nicht besonders. Da waren die Stiere schon einfacher.

Wer aber hatte nun wirklich mit dem ersten Hahnenschrei Rhododendronblüten gestreut? Man würde es nie erfahren, auch nach Delmontes Fall und der Entlarvung Cromwells blieb ein ungeklärter Rest, der kleine Nebelstreif eines Geheimnisses. –

Henry und Stasi gingen ins Eßzimmer, das noch bar aller Frühstücksvorbereitungen mit geschlossenen Vorhängen ruhte. Stasi lief zu den hohen Fenstern und zog die Vorhänge auf. Eine Flut von Licht drang ins Zimmer, und sie stand und schaute auf die Bäume des Parks, als sähe sie sie zum ersten Mal. Es war ein schöner Tag, weiße strahlende Wolken zogen über den blanken blauen Himmel, und es würde höchstens zwei bis drei kleine Regenschauer geben.

Aus der Küche hörte man noch nichts, kein anheimelnder Duft gebratenen Specks kam von der Durchreiche. Nannie, die Arme, hatte verschlafen, was nach den unerhörten Vorfällen der Nacht durchaus entschuldbar war.

Plötzlich füllten Trompeten und Klarinen den Raum: Henry hatte eine Schallplatte aufgelegt.

»Was ist das?« fragte Stasi, ohne ihren Blick vom Garten zu wenden.

»*Trumpet Voluntary* von Jeremiah Clark«, antwortete Henry, trat hinter sie und umfaßte ihre Schultern mit seinen Händen: »Ich verstehe wenig von Musik und kann auch nicht viele Worte machen. Aber wenn ich jubeln wollte, ich würde es auf diese Weise tun.«

Stasi lehnte sich leicht gegen Henry und schloß die Augen. Und in der Euphorie des Augenblicks sah sie ihr Leben vor sich als ein einziges prächtiges und hinreißendes Fest, das sie an Henrys Seite begehen würde. Zugleich wußte sie natürlich, daß das nicht die ganze Wahrheit war, daß sie sich auch über ihn ärgern würde, über ihn und die Stiere, und daß sie einander mitunter Leid zufügen würden. Aber noch in die schalen Stunden der Bitterkeit und Enttäuschung würde ein Hauch jener festlichen und hochgemuten Trompeten klingen und sie beide weiterführen zu neuen Ufern der Freude.

Sir Edward betrat das Zimmer, blickte mißbilligend auf den leeren Tisch und räusperte sich: »Kann mir einer von euch sagen, warum es in diesem verrückten Haus wieder einmal kein pünktliches Frühstück gibt?«

»Vater –«, begann Henry und nahm Stasis Hand in die seine, »Vater, wir –«

Aber Sir Edward hob beschwörend die Hand: »Bitte Henry – nicht vor dem Tee!«

Inhalt

England, England ... 5

Ein Haus im Rhododendrontal
oder: Waterloo und Heinrich der Achte 12

Ein Picknick-Tee im Grünen 39

Ginster in Cornwall 61

Haus-Party mit Zwischenfällen 81

Der geschändete Teekessel 103

Das Gespenst von Silverdale
oder: Die Stunde der Wahrheit 124

Weitere Bücher aus der Reihe

HUMOR IN DER TASCHE

Eva Lubinger
PARADIES MIT KLEINEN FEHLERN
(2. Aufl., 16.–25. Tsd.)
Eine heitere Familienchronik

Walter Myss
KEIN TSCHIRIPIK IST UNSCHULDIG
Humoresken für Feinschmecker

Helmut Schinagl
DIE ÄLPLER UND IHRE LUSTBARKEITEN
Ein Seelenführer durch Tirol und Vorarlberg

Bernhard Ohsam
MIRIAM UND DAS LILA KÖFFERCHEN
15 heitere Reiseskizzen

Franz Hölbing (Hg.)
DA LÄCHELT THESPIS
Anekdoten aus der Theaterwelt

Helmut Schinagl
NEUES VOM GRAFEN D(RACULA)
18 heitere Gruselgeschichten

Erhard Wittek
MÄNNER MILD VOM MOND BESCHIENEN
Eine burleske Erzählung aus verklungener Zeit

Vera von Grimm
ICH VERKAUFE MEINE ZEIT
Eine abenteuerliche Geschichte, die in Ägypten endet

Oswald Köberl
UND ES BEWEGT SICH DOCH
Ein Buch vom Autofahren (Cartoons)

WORT UND WELT VERLAG INNSBRUCK